じん（自然の敵P）
Story:Jin Illustration:Shidu
插畫：しづ

KAGEROU DAZE 陽炎眩亂

2

-a headphone actor-

Kadokawa Fantastic Novels

CONTENTS

耳機ACTOR I 012
夕景YESTERDAY I 017
耳機ACTOR II 053
夕景YESTERDAY II 057
耳機ACTOR III 112
夕景YESTERDAY III 118
耳機ACTOR IV 146
追憶FOREST 162

耳機ACTOR I

在夕陽西下的走廊上，只有我和我的影子佇立著。

不久之前還聽得到掛在脖子上的頭戴式耳機傳來廣播的音樂。
不過現在只能聽到雜音，還有像是人類的聲音。
對於氣氛明顯與之前不一樣的聲音有些在意，試著把耳機戴上。

——斷斷續續的聲音，慢慢編織成某種語言。
彷彿是某國總統的記者招待會。
有如演技的誇張聲音，以及稍微晚一點、機械式的同步翻譯。
雖然混雜著相當多的雜音，不過勉強還能聽懂。

『……非常遺憾……的……然而……今天……地球即將……毀滅。』

當這句話結束的同時，立刻傳來許多慘叫聲和讓人摸不著頭緒的字詞。

即使透過耳機，也能夠明確傳達有如地獄慘狀的景象。

染紅的窗外飛過看似成群黑螞蟻的大鳥，慢慢掩蓋掛在深紫天空的新月。

我摘下耳機，看了一眼置身的房間，玩到一半的遊戲與成堆的參考書被夕陽餘暉照成閃耀的橘色。

在這之前我做了什麼？

感覺不久之前好像和誰在交談，卻連這個也想不起來。

「……這一定是某種惡作劇。」

我像是要說服自己一般喃喃自語，接著打開連接走廊的一扇窗戶。此時傳來至今從未聽過的尖銳警笛聲，以及人們的尖叫聲。

這些噪音慢慢變大，包圍了整個城市。

我的嘴唇忍不住顫抖，牙齒碰撞發出咯咯聲響。

我是一個人。

這裡沒有任何人。

然後再過不久，連我也會消失。

心臟的鼓動加快，淚水沿著臉頰滑落。

——我討厭一個人，我害怕一個人。

彷彿要逃避逐漸被捲入絕望漩渦的世界，為了讓自己與外界隔絕，再次戴上密閉型頭戴式耳機。

早已接收不到廣播的聲音，如今連雜音也聽不到。

「……乾脆放棄一切……」

在我小聲說完這句話的瞬間，好像聽到什麼。

試著仔細聆聽，那個聲音好像是在對我說話。

——然後我立刻發現。

這個聲音不是別人，而是我自己的聲音。

『嘿，聽得到嗎？還有非去不可的地方……必須傳達的事情喔？』

我想不起來是什麼事。

不過不知為何隱約明白那句話的意思。

『放心，不用懷疑。只要越過那座山丘，就算不喜歡也會明白這句話的意思。再這樣下去會消失。吶——』

我擦掉再次沿著臉頰滑落的淚水，吸了一口氣。

『——想活下去吧？』

世界末日的那一天。
我在自己的聲音引導下，用力踩踏晃動的地面。

夕景YESTERDAY Ⅰ

被吵鬧的鬧鐘聲吵醒。

把手伸向發出聲響的枕邊，接著把手機拖過來。

先是關掉鬧鐘，確認時間之後，再次閉上眼睛，深深地嘆了一口氣。

……奇怪。哎呀，奇怪奇怪，絕對很奇怪。

不管怎麼說，今天應該已經睡了十一個鐘頭。

可是這股睡意是怎麼回事？太有問題了吧。明明已經付出花樣女子高中生「深夜時段」這麼寶貴的報酬，身體接收到的滿足感還是少得可憐。

到底哪裡出了問題？是因為我的生活不夠充實嗎……就算醒來，能做的事也只有玩網路遊戲，即使如此，報酬還是報酬吧。

全身充滿倦怠感，發出「夠了，不多睡一點會死。再想一想！」的危險信號。接收到危險信號的大腦，開始思考「不離開棉被的解決辦法」。

舉例來說，作戰一「裝病」。

我現在與祖母兩個人住。只要說聲「今天身體不舒服……」肯定可以簡單向學校請假。雖然欺騙祖母內心有些過意不去，不過現在可說是身不由己。

不過這個作戰非常不好。

有一次我說「身體不舒服」居然立刻被祖母送到醫院。結果又是檢查又是住院……想到弄不好又會變成這樣，便打從心底感到害怕。我不要待在連玩遊戲都沒辦法的病房裡，只能發呆打發時間。

話說到底，大家都太神經質了。以這種「病」的症狀來看，明明不是攸關性命的病，實在誇張過頭。

死去的祖父對於我的病尤其神經質，因為在各方面過度照顧，所以在今年入學的高中裡，成功地被當成沒用的東西。

……在教室突然「砰！」一聲昏倒，對周圍的人來說的確很困擾，更重要的是很丟臉。

「考慮到這點，現在的狀況是最好的吧。」

——我一邊想著這些事，一邊過了半年以上的日子。打從入學開始到現在，沒辦法交到正常朋友的問題就是這個吧。

總而言之，因為種種理由，作戰一有問題。

推算到這裡所需時間大約兩分鐘。以「早晨時間經過的體感速度法則」來看，可以說是壓倒性的思考速度。

作戰二「其實今天停課」。

告訴祖母其實今天停課……思考到這裡，突然想起昨晚聽到「明天要帶便當嗎？」時，我回答「嗯，我想吃煎蛋！」這個對話。

……我真是個笨蛋！吃什麼煎蛋！比起便當，更應該要求「延長睡眠時間的門票」才對。現實當然沒有那種東西。

與我的想法背道而馳，空氣中飄來雞蛋料理的香氣。為了回應昨天的「要求」，「主廚．祖母」正在用心幫我準備便當吧。

對於自己拚命找藉口翹課的行為，因為罪惡感而發出「嗚嗚……」呻吟。我對祖母實在太不孝了。

翻個身稍微鑽回棉被裡，重整思緒。

……話說回來，祖母不需要設定鬧鐘，也可以每天規律早起。我只能想像祖母的體內應該有什麼精密的電腦。簡直是電腦祖母……

——在我想著這些愚蠢至極的事時，樓下傳來「喀噠喀噠」走上樓梯的腳步聲。這種描繪古老木造建築獨特驚悚氣氛的聲音恐怕——不，絕對是來叫我起床的。

一口氣蓋上棉被，最後掙扎。

啊啊……已經沒時間了……作戰三……作戰……趕快思考啊……

「妳要睡到什麼時候！在來不及上學之前趕快準備！」

「嗚……是……」

作戰失敗。

刺眼的陽光從拉開的窗簾照射進來，腦中浮現紅色字樣的「GAME OVER」。

＊

有如春天一樣溫暖的初冬。

地面熱氣翻騰的盛夏結束，秋天過去，上學路上的景色已經帶有冬天的氣息。冬季服裝也在上學的學生當中變得顯眼，身穿毛衣、感情看起來不錯的男女姿態逐漸進入視野。

——我一邊對那些學生散發明顯的厭惡感，一邊用耳機徹底阻隔那些會令人不快的對話，默默朝學校前進的我「榎本貴音」心情非常惡劣。

不，或許不需要特別強調。這是我的老樣子。

由於平時習慣熬夜，從早上醒來到中午這段時間，基本上都因為睡眠不足，處於心情煩躁的狀態。

到了下午，則是對同班同學與老師的態度莫名感到不耐煩。

或許是因為這樣，時常露出兇惡的眼神，經常被問：「妳在生氣嗎？」

每次聽到這個問題都讓我感到不耐煩，不斷重複的惡性循環。

雖然也想乾脆每次裝傻、開玩笑敷衍過去，不過不認為自己能成為那種個性，也不想成為那種個性。

妄想自己一無是處的將來，不由得感到煩躁的我，今天也一如往常帶著惡劣心情上學。

家裡與學校的距離很近，不需要搭乘公車和電車是我唯一的救贖。

不用花費體力在通勤上，最重要的是可以睡到最後一刻再起床。

因為這樣，今天也在電車通勤組辛苦換車的時間悠閒醒來，並且在班會前的十五分鐘從容走進校門。

來到直直通往校門的路上，身穿同樣學校制服的學生人數頓時增加。

自然而然加快速度，眼神變得更加銳利。

我在校門前摘下耳機，用外套捲起來放進包包裡。

我很喜歡這個祖母在生日時買給我的頭戴式耳機。外型可愛，音質也好。雖說「音質好」也是向同學借用耳機時「感覺聲音有點差」比較而來的想法，並非什麼高級品。

不過對已經習慣的我來說，它是獨一無二的夥伴。

我與站在校門前，神情嚴肅的體育老師打過招呼之後進入校園，看到校內正為了一個星期後即將到來的校慶做準備，熱鬧不已的景象。

從校門一直到正面玄關，距離大約十公尺的路上，是班級攤位用的準備空間。

「上色中！嚴禁觸摸！」提醒大家小心的異常巨大告示牌，以及「徵求瓦楞紙！意者請聯絡2－A執行委員！」徵求材料的紙張等訊息映入眼簾。

放眼望去，可以看到不知從早上幾點開始作業，衣服沾到油漆的學生、像是在扮裝怪獸的學生，以及幾個為了「男生都不認真……」落淚的「校慶就是要大家一起努力型女生」，眼前的景象堪稱「青春的具體呈現」。

——不過對於「這些平常只會私底下抱怨唯獨在這時有同儕意識型女生」的我來說，籌備校慶這種事只是妨礙。

不僅如此，在準備期間因為舉辦校慶的氣氛，校內吵鬧的程度比平常更嚴重，甚至還有待到半夜，做出卿卿我我等不當行為的傢伙，感覺真的很差。

然後等到校慶結束，只會留下雖說是剩的，份量還是非比尋常的垃圾。

這種無可救藥的活動是怎麼回事。感覺好蠢。

這麼說來，在昨天發下來的講義上，在我「基本上」隸屬的一年B班，寫著要做全世界做過無數次的傳統展示「女僕咖啡廳」。

別說是這個活動的企劃會議，對於連課都不去上的我來說，那是完全與我無關，也是件好事。

要是乘著一時的氣氛穿上女僕裝，會成為一輩子難以抹滅的污點。誰要做這種事啊。

我一邊悶悶不樂想著這些事，一邊穿過巨大恐龍模型的胯下，瞪視面露傻笑堵住通道的白痴男生讓他們滾開之後，往玄關的方向走去。

推開已經磨到看不出「推」字的門把踏進校舍，藉由暖氣的力量調整到適合的溫度。脫掉室外鞋，為了拿出室內鞋把視線移到鞋櫃，這個木製鞋櫃也相當老舊。

據說這棟校舍本身是座有相當歷史的建築物，包含政治家與藝人等名人在內，以人才輩出為傲的校舍。

不過比起炫耀這個歷史，希望盡快進行整修工程是大部分學生的真心話。

我們引以為傲的校舍，發生了夏天的颱風在體育館的天花板挖個洞、飲水機底座脫落等一連串難過的事。

尤其在今年最熱的盛夏之日，校內冷氣全部故障的大事成為非常嚴重的問題，甚至有學生接連提出「想要盡快轉學」的意見。

不過暑假期間進行敷衍了事的空調工程，讓冷暖氣機功能復活。想盡辦法拿對學校設備不滿為藉口，企圖延長暑假的部分在校生只能心不甘情不願地在第二學期上學。

踩在木板上更換室內鞋，匆忙穿越走廊。

在學校生活裡，這是我最痛苦的瞬間。當大家和樂融融地在鞋櫃正面的走廊左轉，走向普通教室與爬上樓梯時，只有我一個人右轉，往平常人煙稀少的專科教室裡最特殊、飄散化學氣味的教室前進。

沒錯，對我來說，「普通教室」是受到特教導師影響的「理科準備室」。

近幾年來伴隨鄰近市區的發展，學生人數急速增加，普通教室都分配給各個班級，現在沒有「特教班」使用的教室，這就是理由。

以設備來說，教室裡只要有桌子和講桌就夠了，但是請大家想一下。花樣高中三年的大半時間，都在充滿福馬林氣味的教室度過的情況。雖然想到這裡心情十分難受，不過由於包含我在內，過來這間教室的學生只有兩個人，就平靜安穩這點來說非常舒適，考慮到自己的病，以及現在回到普通教室會格格不入，也無法否定這個狀況。

走在走廊上，確認周遭沒人才「呼……」大大嘆了一口氣。

走過美術教室、音樂教室、家政教室，在通往社團教室的左轉轉角的右前方，掛著「理科準備室」的牌子。

——底下是看慣的淺綠色拉門。

雖然抱怨連連，還是人少的這間教室令人莫名安心。

反正老師一如往常遲到，唯一的同學也是老是在畫畫、我行我素的傢伙。

一邊想著「在老師來之前補個眠」一邊拉開門，趕走睡意、出乎意料的景象躍入眼簾。

「早安……呃，哇啊啊啊啊啊！」

「咦？啊，貴音，早啊～」

露出毫無陰霾的笑容回應，同學「九之瀨遙」站在眼前。

外表有著體弱多病的蒼白肌膚以及大而化之的態度。興趣與特技是畫畫。包含名字在內雖然是有如女孩子的設定，實際上是普通男生。

只不過現在這傢伙並不「普通」。

——不管從哪個角度來看……除了內褲以外什麼也沒穿。

「啥……啥……？」

早上就看到這麼不現實的畫面，不禁愣在原地。雖然拚命看向別的地方，但是那傢伙卻以那種狀態逼近。

「啊，吶吶，聽我說……早上校園的噴水池那裡有一隻貓，牠突然靠過來，所以我就想摸摸牠。可是該怎麼說，牠居然巧妙閃開了。所以我失去平衡掉進噴水——」

「好、好了！原因不重要！趕……趕快穿上衣服！」

遙不慌不忙地以「哎呀，真是傷腦筋」的表情平淡說明半裸的經過，即使看到我拚命吼叫，也只是稍微偏頭表示不解。

「咦咦？可是衣服還沒乾。妳看。」

他一邊指著晾在暖氣前的制服，一邊露出好像我才有問題的反應。彼此的距離只有五十公分。

面對這麼非現實的狀況，我不禁往後仰，撞上剛才關閉的門努力試著開口。

「啊、啊、啊啊！好吧，知道了！既然濕了就算了！總、總之你先穿上這個！我找找看有沒有運動外套，在這之前你先穿著！」

「咦？唔～嗯，知道了……可是，呃……奇怪？沒有襯衫……襯衫～～……」

「你踩到襯衫了！腳下！啊啊真是的！拿來！」

遙不覺得「在女生面前半裸」是多麼嚴重的事，這個時候才終於像烏龜一樣慢吞吞地開始穿衣服。

這不是能在一旁悠閒欣賞的狀況。

我一把搶走遙撿起來的襯衫，閉上眼睛避免直視，試著替他穿上衣服。

「哇啊！不，不用了，我一個人也能穿！等等，那是另外一隻手～～……」

「呀啊啊啊！不要亂動！不要轉過來！」

任誰來看都很不正常。為什麼一大早我就要強迫半裸的同班同學穿衣服？

如果這傢伙不是同班同學，早就達到交給警察也沒問題的等級。

要是被誰看到這個狀態，肯定非常不妙。

說不定真的像是什麼少女漫畫，遇到意想不到的誤解……才想到這裡，就發生預想之中最糟糕的事態。

「早～～班會開始了～～呃……」

隨著有氣無力的聲音，同時以驚人氣勢拉開的門另一邊，我們兩人的級任導師，擔任這所學校理化教師的「楯山研次朗」站在眼前。

老師與不久之前的我差不多，露出目瞪口呆的表情，點名簿「啪！」掉在地上。

「啊……不……老師，這是……」

「啊，老師早～～」

與瞬間背脊發涼的我相比，半裸的遙露出笑容打招呼。

以客觀角度來看這個狀況，恐怕會被視為「眼神兇惡的女學生一大早就剝光純潔的男高中生」吧。

現實中應該只有一瞬間，感覺空氣瀰漫漫長的沉默，不知道如何得出這種結論的老師，說聲「喔……打擾了……抱歉……」便準備走到走廊。

「呀啊啊啊！不是！不是的！因為這傢伙……不、不穿衣服到處亂晃，我、我只是想讓他穿上衣服而已！」

一臉曖昧準備離開教室的老師，突然停下動作。

「咦？啊、啊啊，什麼嘛，原來是這樣……不，我還以為終於忍不住……」

老師安心地嘆口氣，面帶笑容撿起點名簿。

「不，請不要說得好像平常就在等待這種事！話說萬一真的發生那種事，應該很嚴重吧？而不是一味逃離現場！」

「不，妳想想，如果發生麻煩事，表示『不知情』是最輕鬆的做法。就是那個吧。還是希望學生能在自由環境下學習成長……」

「你太差勁了！話說幫這傢伙穿上衣服啦！不然我要告訴理事長喔！」

原本搔著頭，一臉覺得麻煩的老師，聽到「理事長」這個名詞立刻說聲「ＯＫ。」以迅雷不及掩耳的速度讓那傢伙穿上衣服。

這種「糟糕大人的範例」應該很難遇到吧。

就某種意義來說，學到寶貴的一課……在我有著如此深切感受的瞬間。

「嗚……衣服濕淋淋的很不舒服，老師……」

在老師俐落的手法下再次穿上衣服的遙，發出很不舒服的聲音坐回座位。

我也終於就座，坐在椅子的瞬間，無法言喻的疲勞感突然來襲。

因為這傢伙，害我一大早就不知道扣了多少生命點數。

恐怕今天一整天都不會笑吧……

在兩張並排桌子的正前方，有張位置稍高的講桌。老師在那邊的高背折疊椅上坐下，然後打開點名簿：

「啊～好了好了，之後拿件襯衫給你。……就是這樣，早安。啊～兩人都到了……很好。每天不厭倦地到學校上課，辛苦了。」

「……這不是老師該說的話吧。」

老師一邊有氣無力地趴在桌上，一邊發出「出自老師的嘴，當然是老師說的話～」愚蠢的聲音。

這種人都能當上老師，看來世界真的很和平。

但是非常擔心這個國家的未來。

「啊～今天的班會。唔～什麼來著……呃～好像有事要交代又好像沒有……」

「拜託快一點！」

本來就被早上的事惹得不耐煩，看到這個人，又進一步加深負面情緒。轉著紅筆的模樣，簡直有如提不起勁的小學生。

「啊～等等，呃～……喔！對了對了，再不決定校慶要做什麼就糟了。你們決定要做什麼了嗎？」

「咦咦？老師上次提到這件事時，不是說『什麼都不做也沒關係喔』嗎？因為之後沒有再提起，當然也不會有任何決定！」

我弄響椅子站了起來，眼神呆滯的老師大概是認為這個舉動沒什麼，所以沒有起身。

「啊～～不，這個嘛……上個星期理事長問道：『楯山老師的班級準備做什麼？』我當然是什麼也沒想，就先說了『我們準備了充滿驚喜的特別企劃！敬請期待！』。」

「不，你到底多麼想在理事長面前裝好人！什麼叫『就先說了』？現在怎麼辦！距離校慶只剩一個星期……！」

我再次發出聲響坐回座位，用手摀住臉。聽到旁邊傳來遙「啊，那麼我想做打靶。」這種無論是準備還是預算都沒有多想就提出的愚蠢意見，更是加深絕望的感受。

老實說，姑且不管這個老師，如果把我們毫無準備的攤位以「特別企劃」的名目打在學校分發的刊物上，那才是真的無藥可救。

這麼一來，結局是絕望、深淵的黑暗，然後毀滅……

「啊啊啊……！」

面對光是想像就很嚇人的未來，我不禁大喊出聲。假如有可靠的同班同學，面對這個逆境說不定能夠奮發向上，但是隔壁全身濕透少根筋的男同學、ＴＨＥ人類殘渣的老師以及我三個人，不管怎麼想戰力都不足。

我試著思考解決辦法……不知道是因為平常只玩遊戲還是沒睡醒，腦袋無法運作。

在我面對殘酷過頭的現況，以及束手無策的悲慘手牌抱頭苦惱時，老師以尷尬表情往我這邊看過來：

「……好、好了，冷靜一點，又不是會死。總而言之你們可以在某種程度裡自由使用這間教室，然後我也會提供協助。總之先隨便提出意見吧？」

我對老師……不，已經不能稱為老師的男人的發言，尤其是後半段的「我也會提供協助」這句話感到不信任。

對我來說，事情沒這麼簡單。

就算不是「特別企劃」的名目，在推出遺憾至極的攤位當天，被許多人討論，未來的兩年恐怕都無法度過正常的學校生活。

本來在學校就是格格不入的存在，不想變得更引人注意。

不過老師「可以自由使用這間教室」的發言，似乎是連接某種解決辦法的要素。

雖然我們已經看慣這間教室，不過以參觀者的角度來看，應該有很多感到稀奇的部分。

比方說拿出打上「○○實驗」之類的東西，應該沒有人不感到興奮。

「……至少要做點有趣的東西……話說回來，預算！老師，我記得校慶攤位，學校會撥給各個班級預算吧？我們可以拿到多少？」

聽到我的詢問，老師立刻露出做壞事被逮到的表情，視線同時瞄向我們身後的櫃子。

「咦？你在看什麼——」

沒有漏掉這個瞬間的我，把視線轉向老師剛才看過去的方向，接著在雜亂的實驗用品與藥品瓶中，發現一個好像在哪裡看過的怪魚標本。

那是老師一邊瀏覽教材網購網站時，一邊唸唸有詞：「這個標本好帥啊……可是好貴……」的珍奇海魚標本。

「……咦？奇怪了。老師，我記得那個標本不是因為太貴所以買不起嗎？」

天氣明明逐漸轉涼，卻看見老師的額頭冒出大量汗水。老師不敢與緊盯不放的我四目相對，只是低頭不發一語，現場氣氛就像偵探漫畫裡聽到有力證據無法反駁的犯人一樣，眼看就要說出動機。

「……老師……你把攤位的預算……用掉了吧？」

「……是那傢伙……是那傢伙的錯……！」

在那之後，老師以拙劣的演技道出「珍奇海魚的標本（那傢伙）剛好在分配各班級的費用時打六折」這種一點也不值得同情的犯罪動機。

……話說這根本不是動機。

看著老師說得彷彿自己是被珍奇海魚迷惑的被害者，此時的我已經超越憤怒與輕蔑，反倒有種類似同情的感覺。

「所以，最後決定做什麼？以我來說……我覺得打靶不錯……」

在老師的演說早已換成「珍奇海魚有什麼魅力」的主題，我則是思考該怎麼把這個老師交給理事長時，遙不知為何再次提出想做打靶的意見。

「……我說啊，打靶這種攤位需要很多獎品，準備也很辛苦，只有我們不管怎麼想都很困難吧？最重要的是因為這個笨蛋老師，我們沒有預算囉。」

「唔～～嗯……我覺得這是好提案。而且看過所有班級的攤位，好像都沒有打靶。」

遙雖然是喃喃自語，聽在耳中卻是出乎意料的消息。其他班級的攤位沒有「打靶」恐怕是因為預算的關係。連校舍的翻修工程都無法如願，在班級的攤位預算上，實在不認為學校撥得出足以準備獎品的費用。

問題在於比起這個，平常總是發呆不知道在想什麼的遙，對於其他班級在校慶攤位方面的關心程度，到了知道所有內容的地步。

「……你該不會很期待校慶吧？」

聽到我的問題，遙有點不好意思地回答：「老實說滿期待的。」剛才被看到半裸時明明一點也不害羞，這傢伙的羞恥點似乎與一般人不同。

「總覺得有些意外……話說回來，上次提到『不準備攤位』時，你也沒有意見……」

「不，因為我的身體虛弱，要是突然暈倒很麻煩，而且看其他學生好像也準備得很辛苦，心想這也是沒辦法的事……」

遙一邊開口，一邊露出有點虛幻的笑容。

雖然不是很清楚，不過遙似乎擁有我的「病」無法比擬的「重症」。

就是那種突然發作會死亡的類型。

那是入學時老師告訴我的，大概是因為他漫不經心的個性，所以我沒有什麼體會。本人則是有到目前為止的經驗，或許多少有點自覺。

他該不會從入學到現在的學校生活一直都在忍耐，只是我沒有察覺吧。

「原來如此。可是你還想擺攤位吧？」

「……嗯。是啊，我想做。啊，可是那會對貴音造成困擾……」

遙雖然感到不好意思，還是把話說得很清楚。按照剛才的對話內容，實在搞不懂為什麼會這麼害羞。

「……你啊，老師明明這麼隨便，為什麼要忍耐？總之先做做看，真的不行到時候再想辦法。」

「唔～～嗯，是啊，只有我一個人果然辦不到……而且這方面的經驗也不多……也不曉得能不能順利完成……」

看到一邊轉著桌上的橡皮擦，一邊低聲唸唸有詞的遙，不知道為什麼突然一肚子火，忍不住用手敲打桌子：

「——啊啊啊啊！忸忸怩怩的煩死了！總而言之，你想做打靶吧？那就決定了！我也會幫忙準備！懂了嗎？」

被我這麼瞪視大吼，遙忍不住露出害怕的表情輕聲回答：「是……」

不過我沒有因此冷靜，面對老師大聲吆喝：

「請老師立刻把錢吐出來！還有那個標本要當成獎品！沒問題吧？」

「咦咦？等等，再怎麼說也不能這樣吧！妳知道那個值多少錢——」

「……理事長。」

「好，知道了！就照妳說的去做吧！哎呀，我開始有幹勁了！」

老師突然露出乾脆的笑容回應。不只是我，連遙也對老師的沒用舉動投以冷淡的眼神。

——我看了一下手錶，從班會開始到現在已經超過三十分鐘，第一堂課也過了一半。

這間學校從校慶前一個星期開始，基本上不上課，上課時間以各個執行委員的指揮為主，分頭進行準備。

第一堂課每一班都是班會，從第二堂課開始各班學生應該會在校內的各個教室開始各自的準備作業。

按照預定，遙和我兩個人基本上是自習，不過既然決定要推出校慶攤位，我們也必須開始進行作業。

「話說回來，『打靶』啊……該從哪裡準備起呢……」

雖然不久前對著遙大喊「那就做吧！」實際上剩下一個星期，而且兩個人能夠完成「打靶攤位」的準備嗎？

獎品的採購不用說，台座的製作、玩具槍的準備等，一一列出沒完沒了的必要作業。大道具的製作必須使用工藝教室或是美術教室，不過應該被各個班級事先預約了。

「啊，那個……要是太勉強的話，要不要換別的？」

「不行！既然說是勉強，當然就要勉強弄出來！而且你說想做，那就幫忙想辦法！」

遙又嚇了一跳，本來以為他會連忙雙手抱胸，結果是閉上眼睛思考。

一開始確實是這傢伙的構想，不過此刻的我已經變成想要強烈展現「我和只想與所有人一起開開心心就好的人不一樣」的心情。

既然要做，就不想不上不下。平常在線上遊戲鍛鍊的上進心，在這裡熊熊燃燒。

「不管怎麼想，製作大型攤位實在有難度。老師，你會不會假日ＤＩＹ……」

「喔！我也沒做過！」

「——我想也是。既然這樣，只好由我和遙兩個人做……」

「喂、喂喂，等一下！雖然我確實不會假日ＤＩＹ，不過我可是那個喔。如果是程式設計之類的，我可是相當在行耶。」

老師豎起大拇指指向自己，散發御宅族常有的煩人「我在其他領域相當了得的氣氛」。

「啊啊……是嗎？那麼請不要妨礙我們，去製作戀愛模擬遊戲——」

認真回應也很麻煩，隨便應付之後，腦中突然浮現意想不到的想法。

無法製作大型道具的現況。

獎品只有珍奇海魚標本。

目標是最有趣的——「打靶」。

雖然有點賭博成分，說不定我們能夠在一個星期裡完成。

回過神來，發現我再次弄響椅子站起來。

「哇啊！等、等一下，貴音！是我不對不該開玩笑，有話好好說！暴力不能解決問題吧？一定還有其他辦法……！」

被我的氣勢嚇到的老師伸手擋在面前，說出有如廉價的死亡條件的台詞。

旁邊的遙裝出正在思考的樣子其實已經睡著，或許是因為突然的晃動，發出聲響連同椅子倒在地上。

「我想到了！打靶說不定做得到！」

「咦？啊，喔喔，打靶啊。可是準備很辛苦吧？剛才也說過我連做書櫃都不會……」

「啊，那個我完全不指望。不是這個，你會寫程式吧？老師……？」

我露出一抹微笑，老師似乎理解我的意思，臉色逐漸變得鐵青。

「發、發生了什麼事……？貴音。」

坐在地板對我說話的遙，臉上明顯留有口水的痕跡，不過我決定不提。

「呵呵呵……說不定辦得到喔，打靶。你，很會畫畫吧……？」

「噫……！」

我明明面帶笑容，遙卻像是受到威脅一樣露出害怕的表情。為什麼這裡的男人都這麼不中用？

不過現在不中用也沒關係。

……因為之後我要他們好好工作。

「喂、喂，貴音……該不會妳說的『打靶』……」

從表情看來，老師恐怕已經察覺我在想什麼。

要說為什麼，因為若要實現這個「打靶」，老師的工作量相當吃重。

「呵呵呵……沒錯。就算不用鋸子，也能製作『打靶遊戲』吧。角色之類的背景由遙來畫，這樣一來只要一個獎品就能搞定。」

聽到我的說法，老師以「果然沒錯……」的表情垂下肩膀。

要獨自製作一個遊戲，應該是相當龐大的作業量。

不過老師在這之前一直很混。即使扣掉這個，付出的勞力還是不太夠。

「咦……？製作遊戲？現在開始嗎？」

悠閒的遙大概也被這個想法嚇了一跳，難得表現出這麼大的反應。不過與老師不一樣，驚訝之中帶著期待。

「沒錯。遙，遊戲裡出現的圖樣，你都可以畫出來吧？充滿幹勁了吧？」

聽到我這麼說，遙用力點頭。看見他露出平常完全想像不到的開朗表情，讓我對他有了截然不同的印象。

「應該會很辛苦，所以加油吧。不過絕大部分老師都會幫忙搞定。」

「啊？果然是我？妳知道製作一個遊戲要花費多少──」

「理事……」

「我會全力以赴！做出好作品吧！」

老師露出爽朗至極的表情，豎起大拇指。

這個「理事長」的咒語真是非常方便。

在今後的學校生活，一定也會承蒙關照。

「不過有一件事令人在意，妳說『獎品一個就夠了』是怎麼回事？我們沒辦法連過關人數都掌握吧……話說要是把難度調成沒有人過得了關，可是會引起反感喔？」

「這點不用擔心。遊戲形式不是過關制，請作成計分制。還有麻煩做成雙打形式。」

「那是沒問題……呃，該不會……」

「沒錯！我成為對戰對手，與挑戰者比分數。由我這個女生當對手，應該就不會有人對難易度之類的有意見吧？」

老師一改先前的鐵青臉色，這次露出真是受不了的表情。就是不久前我對老師露出的表情。這種感覺還不錯。

「貴音要比賽？可是只要輸一次，之後就沒獎品了吧？」

「不會有那種事發生。因為我不會輸！只要在校慶的最後輸個一次，氣氛一定會很熱烈，那邊要稍微控制一下。」

遙聽到這裡，露出非常不安的表情……這也難怪。

誰也不知道遊戲途中會發生什麼事，也有可能會輸。

如果我輸了，唯一的獎品「珍貴海魚標本（高價）」消失的那一刻，以活動來說就代表結束，所以是相當大的賭博。

只不過我有一項沒對這傢伙透露的「特技」。

……不，正確來說，是無論如何都不想透露，拜那個特技所賜，我對這次的賭博充滿信心。只是我無論如何都不想說——

「啊啊，遙，這傢伙在網路上是超級名人喔。電視上不是會播出遊戲廣告嗎？擊倒殭屍的那款遊戲。」

「啊，我有看過。是線上遊戲吧……？我記得不久前才舉辦比賽……」

「喔喔，對了對了。這傢伙是那個比賽的全國第二名。」

在我進行腦內獨角戲的瞬間，老師突然說出意想不到的毀滅性告白。

「呀啊啊啊啊啊啊！你、你、你、你在說什麼？啊、啊，不是……！」

體感型線上殭屍殺戮射擊遊戲「DEAD BULLET-1989-」。這款遊戲大約從一年前的服務開始以來，便獲得許多玩家的迴響，現在已經成長為日本首屈一指的線上FPS。我則是從伺服器開放後大約四個小時便晉升頂尖排名的重度玩家。

我從伺服器開放初期便以獨特的遊戲風格活躍，如今知名的程度甚至組成數百人的粉絲團，因為交友範圍不大，知道這件事的只有老師一個人——直到不久前。

我太天真了。在現實世界尋找玩同一個遊戲的同伴，不經心地把可以聊心事的老師拉進來的做法真是大錯特錯。

女高中生拋棄其他娛樂沉迷其中的，是充滿男子氣概的血腥殺戮遊戲。那就是「DEAD BULLET-1989-」。

老實說，要是同年級的女生沉迷於這款遊戲，自己也會退避三舍吧。

沒想到會被唯一的同班同學知道這件事……

「貴音好厲害！居然是全國第二名！我好驚訝喔！為什麼之前一直保持沉默呢？嘿，那個有趣嗎？」

不過完全不知道我的內心糾葛，遙的反應出乎意料充滿好意，不如說是想了解更多的積極反應。

不，這種反應應該是這傢伙不清楚這款遊戲的本質。如果他知道內容，一定會說些「哇啊w明明是女生居然是血腥遊戲的高手好可怕www不要接近我wwwww」之類的話。

在我盯著遙無邪的眼睛時，老師突然哈哈大笑，開口說出不妙的發言：

「太好了，貴音，找到一起玩遊戲的朋友了吧？那款遊戲不太適合我，找遙一起玩不就好了嗎？」

「啊？你、你說什麼？話說我根本沒有那麼沉迷……」

不，這是謊話，我很沉迷。昨天因為睡意比較早睡，基本上是從回到家的下午四點到隔天四點都在線上。

然後在我眼前面帶笑容的老師當然也知道這件事。

「咦～～我覺得妳是整天掛在線上的那種人吧……叫什麼來著，我記得妳的ＩＤ好像是『閃光舞──』……」

「呀啊啊啊啊啊！啊啊啊啊啊！已經那個了！我要跟理事長說！全部！無所謂吧？」

「啊啊啊啊啊？只有這個不要！知道了！是我不對！」

我和老師激動搖晃桌子大叫，從旁看來應該非常滑稽吧。

不過對當事人來說，這是賭上性命的攻防戰。

兩人相互瞪視幾秒鐘，在遙開口說出「冷、冷靜一點……」的瞬間，像是要為這個膠著狀態畫下句號，下課鐘聲響起。

「……唉。總、總而言之，大家都別再說了，沒有意見吧。」

「嗯，聽起來這才是上策……老師知道吧，如果再多嘴……」

「彼此彼此。理事長那邊，妳也知道該怎麼做吧……？」

「……知道了。這件事我會放在心裡……不過請別繼續……」

第一堂的班會就在彷彿在說「今天的事到此為止！」一非常不像是學生與老師會有的對話之中結束。

「那麼……啊～～不過我也有責任，總之先設法做做看吧……也就是說，下一堂也在這裡討論。我去上廁所～～」

老師一邊拿起點名簿，一邊搔頭走出教室。瞬間打開的門另一邊，傳來學生們的腳步聲以及歡樂的對話。

「呼……總會有辦法……」

放鬆之後無力趴在桌上，與坐在隔壁的遙視線對上。

「……總覺得我提出了無理的要求，不過多虧有貴音，好像會變得很好玩……！一定會有辦法的！我也會努力！」

看到如此說道的遙一邊比出小小的勝利手勢一邊露出笑容，臉頰不知為何突然發熱……一定是因為線上遊戲的事被發現，感到不好意思吧。

——我也稍微笑了。

然後發現自己在不知不覺中成為「努力參與校慶的女生」。這個笑容除了苦笑以外，一定沒有別的含意。

「……不過意外地不無聊呢。」

我低聲說道，接著在腦中奢侈地描繪歡樂籌備校慶的計劃。

耳機ACTOR Ⅱ

在我目前為止的人生中，有過如此躍動的景色嗎？

交通號誌隨著每次跨步晃動，建築物劇烈搖晃。

我不斷吸進新鮮空氣，每次吐氣，身體就劃破身旁的風。

十字路口被人擠得水洩不通。

號誌與標誌已經失去意義，各式各樣的車輛雜亂丟棄在失去規則的車道上。

有人在吼叫。

有人在打人。

所有人都鐵青著臉，悲嘆世界末日。

瞬間聽到嬰兒的哭泣聲，我不由得停下腳步。

『不可以。這裡再過十二分鐘就會結束，已經不能再回頭……快點，在下一個交通號誌左轉。』

耳機的聲音與外界形成對比，只是冷靜、平淡地持續指引我前進。

我按照指示，穿過人群離去。

到目前為止，到底有幾次全速奔跑的經驗。

從小我就是被過度保護的小孩，連在外面奔跑都做不到。

那是因為我得了一種會在毫無理由、無法預測的時機失去意識的病。

那不是頻繁發生的病。

只不過我總是不記得倒下的瞬間。

唯一記得的，只有醒來之後的事。

那就好像作了很長的夢，昏倒前的記憶變得模糊不清。

我穿過人群、穿過窄路、跑到大馬路。

『在這裡右轉！剩下一分鐘……！』

耳機裡的聲音，慢慢變得有些焦慮。

我不理會發痛的腿，以驚人氣勢右轉的瞬間，背後傳來像是鐵塊猛然碎裂的聲音。

慘叫聲接著傳來，快要克制不住回頭的衝動。

『……趕快！妳有非見不可的人吧？所以……』

感覺喘個不停、肺部像要燒起來的同時，意識開始變得朦朧。

我又要失去意識了吧。

這麼說來，最後一次失去意識是什麼時候？

……我什麼也想不起來。

為什麼事情會變成這樣。

我正在朝誰的方向……

不過我感覺有件非常重要的東西就在前方。

這個想法讓我只有往前邁步。

——往前一看，目標的山丘已經近在眼前。

夕景YESTERDAY Ⅱ

「真厲害……那個女生已經打敗三十七人了……」

「哎呀，聽說那個女生是『DEAD BULLET-1989-』全國第二名的高手。」

「……！是那個『閃光舞姬．ＥＮＥ』嗎？怪不得動作這麼敏捷。喂，你看，最高得分又更新了！……可是為什麼那個女生在哭？」

理科準備室出現應該是開學以來最熱鬧的景象。

我連擦眼淚的動作都做不到，只能拚命握緊控制器。

無論多麼辛苦，只要握緊控制器就不可能輸。

大概是日常培養的習慣以及個性使然，怎麼樣都改不掉吧。

大型螢幕上只顯示握槍的圖樣，配合我操控控制器的動作，或右或左瞄準，逐步一一除掉目標。

每次擊中便發出『呀啊啊啊！』慘叫四散的怪物，即使是模仿熊還是兔子的奇幻角色，由於對肉塊和血漬等細節相當講究，呈現非常血腥的畫面

「太棒了，貴音！又贏了！不，現在應該……叫妳ＥＮＥ比較好吧？」

站在我方對戰位置的旁邊，像個搭檔一樣吵吵鬧鬧的遙眼睛閃耀光芒，高興地開口。

「嗚，噫……少……囉嗦……笨蛋……」

雖然我已經哭到沒辦法正常對話，不過周遭的觀眾毫不在意，為了我的勝利不吝惜給予熱烈掌聲。

就連與我對戰，穿著軍事風格服裝的客人也「失敬失敬，居然能夠在這裡與『閃光舞姬・ＥＮＥ』大人交手……！太榮幸了！」投以熱烈的敬意。

入口附近還上演「我要跟她交手……」、「不不，換我才對……」強壯的男子爭奪成為下一個對戰者的景象。

因為異常的光景不斷聚集的學生，以及聽到消息跑來的遊戲玩家，讓這裡已經變成有如地獄的模樣。

「為什麼會變成這樣……」

視野陷入一片模糊，眼淚滴在控制器上。

*

校慶當天。時間回溯到事件發生的幾個小時前。

我們把平常的書桌和講桌從理科準備室裡撤走，換上打靶遊戲的佈置。話雖如此，也只是在桌上放置螢幕，將用螢光顏料繪製的畫布覆蓋在長桌上。由於在窗戶貼上瓦楞紙板阻隔光線，所以室內的光源只有螢幕與螢光顏料散發的微光。應該是拜遙的畫功所賜吧，成品看不出任何趕工的感覺。

「就、就快開始了……總覺得好像作夢一樣，居然真的完成了……！」

「嗯，做得挺不錯的……！你很努力呢，遙！那麼在正式開始之前稍微熱身一下。」

與直到前天為止參與過度嚴苛的遊戲製作，難得出現黑眼圈的遙形成對比，經過充分睡眠（十五小時）難得沒有黑眼圈的我，為了即將開始的正式場面進行最後調整。

遙按下設置在長桌下的電腦電源，螢幕上立刻顯示老師與遙使盡全力製作而成的遊戲標題畫面。

將接連出現，外表有如玩偶的怪物一一擊倒的這個遊戲，被遙命名為「耳機ACTOR」。

一開始搞不懂標題的意思，在遊戲終盤現身的「操控玩偶的首領」長得和我一模一樣，在感到很不耐煩的同時，總算理解「打倒被戴著耳機的我操縱的玩偶（演出者）」的意思。

在那之後，不用說當然是先揍遙。

「……這個遊戲真是低級玩笑。為什麼我非得與自己作戰不可？」

「不，因為對戰者必須打倒貴音吧？所以心想把敵人設定得有點像貴音也不錯～……雖然完全忘記貴音也是玩家就是了。」

「……為什麼會在那種地方少根筋……不過反正可以換顏色，應該看不出是我。」

最終頭目「貴音二號（老師命名）」最初外表是和我一模一樣的黑色頭髮，硬是換個配色，現在變成綠色頭髮的2P造型。

「好吧，就算在這個造型方面讓一百步，為什麼內容要設計得這麼血腥？不需要這種要素吧？」

從標題畫面點選開始，開始遊戲之後怪物立刻現身。遊戲舞台似乎是個小鎮，不知道這個是不是遙的設計，總之與我們居住的城鎮非常類似。

在此單手拿著手槍前進，只見大大小小各式各樣的可愛玩偶一個接著一個擊來。我接連開槍擊倒，每次都會出現『啪！』噴血的畫面，玩家會感受到無法言喻的罪惡感。

「啊，就是那個吧，我參考了貴音之前說的遊戲！我想貴音應該喜歡那種感覺吧。」

聽到這個手突然滑了一下，被猴子玩偶咬到，遊戲結束。

從畫面上方流下鮮血，接著顯示遊戲結束的畫面。

「啊，你該不會聽老師說了什麼吧？」

經過連續幾天的通宵作業，完成遊戲的老師似乎丟下一句「向理事長，多說好話……」便昏倒在床上。

遙這個星期都住在老師家裡製作遊戲，所以那個人很有可能對遙說些不必要的事。

「不不，我沒有從老師那裡聽到什麼。我記得貴音之前說過的話，是我自己查的。」

「什、什麼啊。那就好……不過話說回來，這個效果明顯不適合吧？一點也不爽快。」

再次重頭開始遊戲，每次擊中玩偶就會血肉飛散，不管怎麼想都很異常。殭屍來襲的模樣還比較可愛。

「啊哈哈，抱歉。可是難得有機會，想要做成貴音喜歡的類型……」

聽到出乎意料的發言，手又滑了一下，這次被豬玩偶一頭撞上，遊戲結束。

「我、我沒有特別喜歡血腥……！」

我一邊重新開始遊戲，故意不看著遙開口。

「咦？哇，抱歉抱歉，我還以為妳喜歡看到有血的畫面……不過仔細想想，貴音怎麼可能會喜歡那種。」

「唉……你真的誤會大了。聽好了？遊戲的好壞在於爽快感。想要像主角一樣帥氣，走遍全世界該有多好～～我是基於這份憧憬才會玩遊戲。」

至少這是我追求的遊戲魅力。

先不管日常生活，在遊戲世界裡只要有技術，人人都可以平等地成為主角。

這是我喜歡遊戲的最大理由。

「啊～～原來如此。因為我對這方面完全不清楚。啊，該不會這個遊戲，不怎麼……好玩吧？」

遙戰戰兢兢地發問。聽到這個問題，我沒有把視線移開畫面，朝著跳出來的貓咪玩偶眉間開槍之後回答：「不，我還滿喜歡的。」

旁邊傳來鬆一口氣的聲音。

由於昨天也好好玩了這款遊戲，所以不用十幾分鐘，就調整到不錯的狀態。

因為遙在旁邊妨礙才會遊戲結束，除此之外沒有出現任何的失誤。這麼一來在對戰之中應該不會輸。

身為製作者的老師打出「45000分」的最佳記錄，在我一開始的試玩便以三倍以上的差距刷新，也是提升自信的原因之一。

「這樣應該沒問題吧！對手是貴音，不管誰來挑戰都贏不了！」

「那是當然的。我對自己的技術有信心……呃，已經這個時間了？再過五分鐘校慶就開始了！遙，其他準備都沒問題嗎？」

「啊，嗯，沒、沒問題！昨天就已經作好隨時開始都沒問題的準備。啊啊，不過，我開始緊張了……」

直到剛才還和平常一樣悠閒的遙，在校慶即將開始時變得緊張，只見他從原本坐著的椅子上站起來，開始在教室中不知所措地走來走去。

「你、你在緊張什麼！我、我絕對不會輸，所以完全沒問題！」

「唔，嗯，話是沒錯，不知道大家會不會玩得開心……要是有人覺得一點也不好玩怎麼辦……」

就連我在正式上場前也感覺有些緊張。這麼說來，我想起在上次的比賽時，也有過類似的感覺。

不過這次不是要「自己拿到好成績」，而是「是否能讓客人玩得開心」才是重點。

從小孩子到上了年紀的人……因為是這種遊戲內容，當然要有某種程度的年齡限制，不過還是盡量不要有所區隔，讓大家都能玩得開心。

老師和遙製作的這個遊戲，雖然在遊戲平衡與系統方面還差得遠，不過老實說，我覺得是個有玩心、很有趣的遊戲。

我的工作就是努力把這個魅力傳達給大家，玩得盡量讓大家露出笑容、感到有趣。

「沒問題。這是用心製作的遊戲，相信大家一定都能玩得開心！」

在我對著不安地晃來晃去的遙說完這些話時，時鐘旁邊的擴音器傳來『校慶即將開始。請依照各班級執行委員會的指示，享受歡樂的活動。』的廣播。

聽到這段話的瞬間，我的心臟因為緊張噗通跳動。

至於遙則是蹲下來，唸著「沒問題沒問題……」的咒語。

「喂，就要開始了！客人過來之後，呃……你站在教室前面引導客人！如果有人有興趣，好好說明再帶他們進來，知道嗎？」

「啊、啊啊，唔，嗯！……知、知道了……沒問題沒問題……」

遙邊說邊站起來，以不穩的步伐走向門口。

碰！然後就這麼撞到門，只見他一邊發出「啊啊……」的聲音一邊走出教室。

「……那傢伙真的沒問題嗎？」

剛才播放廣播的擴音器開始傳來校慶專用的背景音樂，通知校慶正式開始了。

為了攤位的呈現，我把理科準備室的擴音器聲音關掉，熄掉電燈，等待遙帶領第一名挑戰者進來。

關掉電燈後，室內籠罩在螢幕與螢光顏料散發的微光下。

我在長桌與兩張並排的椅子之一，面對螢幕的右側椅子坐下，傻傻地看著持續顯示的標題畫面。

在顯示『耳機ACTOR』的畫面中，標題的背景是重疊的灰色街道，這或許是夕陽時刻的世界設定，在畫面上方的密集大樓之間，看得見深紫色的天空。

「話說回來，真是個惡劣的遊戲……雖然是老師和遙提起幹勁製作的，不過對女生來說還是太恐怖了。」

不過因為是遙，所以不會在意那種事，如果有女生對這個遊戲有興趣，應該會依照我的指示把客人帶進來。

——不，那樣或許有點不妙。假如他帶進來的女生膽子很小怎麼辦？

打開門第一眼就看到擺放在陰暗理科實驗室裡，血腥至極的射擊遊戲。

然後對戰對手是站在黑暗室內，有著陰沉銳利眼神的我……不，停止思考自己的事。老實說這不是解決心情沮喪的辦法。會忍不住想哭。

不過就算撇開我不說，對女生和小孩來說，遊戲內容還是有些問題。

也許我應該好好對遙說明這個部分，事先做好預防。

在我坐立不安地從椅子上站起來的瞬間，教室的門打開了。

雖然只有隔了幾分鐘，突然照射進來的陽光還是讓人眼花，客人的模樣變成看不太清楚的陰影。我不由得感到有些慌張，以身高來說似乎是成年男性。

不說話實在有些失禮，於是開口說出事先想好的說明。

「啊，歡、歡迎！呃，這個班級是打靶遊戲！打贏我可以得到豪華獎品——」

「哼。我還以為是誰，原來是女生啊。站在門前的男生看起來還比較有戰力。」

面對拚命露出笑臉，以開朗的態度說明的我，那個男人說得很直接。

聽到出乎意料的發言，搞不懂發生什麼事而瞬間僵硬，不過慢慢察覺到這個男人散發好戰的氣氛。

「咦……啊，那個……」

大概是因為差勁透頂的第一次接觸，讓本來就不習慣與人相處的我心臟劇烈跳動，手也自然地顫抖。

原本想好的應對變得一片空白，想要好好開口的嘴巴發出奇怪的聲音。

「哎呀，遇到我們算妳倒楣啊，小妹妹。聽朋友說學校在舉辦校慶所以過來看看，沒想到居然有這麼有趣的攤位。這傢伙很擅長射擊遊戲，搞不好會把所有獎品都帶走喔？」

漸漸習慣光線的眼睛，映出一開始進來的男人背後，站著一個滔滔不絕的男人。他們似乎是兩人組。

「啊，那個，我會努力應戰的……」

雖然感覺背後流下大量汗水，還是裝出平靜的反應，面帶笑容說道。

從對話內容可以判斷這兩個人來者不善，不過他們好歹是第一組客人。

他們應該是帶著好玩的心態在逛校慶的攤位吧。據說技術不錯的男人戴著墨鏡，臉上看不出任何的表情，後面的男人也散發絕非善類的氣氛。

「好吧，自製遊戲應該很無聊吧，反正只是小鬼鬧著玩。一開始就把獎品贏走雖然有點可憐，不過就當成社會教育乖乖放棄吧。」

男人一邊說一邊走過我的身邊，充滿氣勢地坐在挑戰者的位置。

「哎呀，太遺憾了。那傢伙可不會放水喔。小妹妹可能不知道，他曾經在『DEAD BULLET-1989-』這款遊戲的全國比賽晉級到準決賽。除此之外也參加過不少比賽，小妹妹應該沒有抵抗——」

話說到一半，那傢伙突然停下滔滔不絕的嘴巴，發出「噫！」小小的悲鳴。

這或許是因為我不再露出應付的笑容，而是以銳利的眼神狠狠瞪視，也可能是因為講得太快咬到舌頭。

「貴、貴音……」

突然傳來不中用的熟悉聲音。從門的另一邊淚眼看過來的遙，恐怕是被這些男人冷言冷語一番，滿臉害怕。

我做出「把門關上」的手勢。遙雖然瞬間有些猶豫，不過還是擠出一句「加油……！」緩緩把門關上。

確認門關上之後，我往再次變暗的教室，放置設備的地方走去。

我在面無表情的男子隔壁的椅子坐下，重新面對顯示標題畫面的螢幕，再次說明。

「那麼是最後確認。這是採計分制的打靶遊戲。打倒敵人數量多的一方獲勝。可以調整難易度，要選擇哪一種呢？」

「當然是最高難度。」

「這樣啊。我知道了。那麼——」

我在標題畫面按下設定鍵，將難易度調成『EXTRA』。

老師表示這是「如果能打出滿分，那個人是怪物」的難易度。

「喂喂，小妹妹，我想妳應該知道，不能作弊喔？」

不知何時站在臭臉男子後面的輕浮男子，以略帶威脅的語氣開口。

這的確是令人在意的地方。這是在各自的裝置設定難易度，的確是有在分數上動手腳的可能性。

「當然不會作弊。如果不信可以換位置。因為是計分制，不管哪一邊，只要我贏就沒有意見吧。」

聽到我的說法，臭臉男子只說聲「這樣就好，快點開始吧。」然後摘下墨鏡。

「……那麼就此開始。請多指教。」

我先是握緊控制器，然後放鬆力量……再次握緊。對於這個觸感抱持絕對自信的我，按下開始遊戲的按鈕。

敵方怪物大量出現，瞬間布滿整個畫面。對戰模式的限制時間是兩分鐘。在這段期間打倒敵人數目最多的人獲勝。

對戰模式與單打模式不一樣的地方，只有被敵人擊中也不會GAME OVER，取而代之的是會在一定時間不能動，以及破壞獎勵道具可以利用濺血影響對手的視線這兩點。

除此之外沒有什麼不同，由於是「打倒出現的怪物」這種相當單純的遊戲系統，所以可以明顯看出玩家的實力。

沒錯，這種遊戲絕對不無聊。

我必須把小看這個遊戲的男人打得體無完膚。

遊戲開始之後已經過了一分三十秒。我與對手臭臉男子之間，分數差距已經大到無論怎麼掙扎也無法挽回的地步。

因為眼睛不能離開畫面所以沒辦法確認表情，不過剛才話說得那麼大聲，大概可以想像得到現在的模樣。

至於我則是冷靜掌握眼前出現的敵人，不過沒有破壞任何妨礙對手的道具，只是穩定地擊倒敵人。

遊戲結束的聲音響起，螢幕顯示成績發表的畫面。

不過臭臉男子大概知道自己輸慘了，只見他傻傻看著控制器。站在後面的男人也是啞口無言。

這也是理所當然的事。能夠以絲毫不差的準確度不斷擊中那種數量的敵人，已經和遊戲設定之類無關，單純是技術問題。

加上途中若是放開控制器，馬上會被敵人攻擊，所以也沒辦法動手腳。

「遊戲結束，感謝您。由於規定不能連續挑戰，想要再次挑戰請於三十分鐘後再來。」

在我面帶笑容說完這些話時，臭臉男子還在唸唸有詞「怎麼可能……我居然……」這種了無新意的敗者發言。

「那個……請您離開……」不過當我催促客人離開時，對方突然起身對我大叫：

「妳、妳到底是什麼人？我從來沒遇過這麼厲害的玩家！到、到底……！」

聽到這麼普通的問題，老實說我已經開始覺得麻煩。

我說聲「因為我做了很多練習……」隨口帶過，只想請他趕快離開。

但是在那個男人看到我在螢幕過亮的成績發表畫面映出的長相，退後一步的瞬間，我察覺自己犯了嚴重的失誤。

輕浮男子剛才說過，臭臉男子「在『DEAD BULLET-1989-』的全國比賽裡晉級到準決賽……」之類的話。

能夠在全國比賽拿到那種成績很不簡單，應該是投入相當多時間的玩家。

看他的打法也還算有點技術，應該不是在說謊。不，現在反而希望那只是說謊。

「妳、妳是……『閃光舞姬・ＥＮＥ』？」

——最糟糕的發展。準決賽，而且是來自本地的代表，理所當然會在比賽會場見過面。

而且當天我弄丟事先準備的面具，以真面目參加比賽。

我在準決賽打出事後被稱為「舞姬傳說」的好成績，以遙遙領先的第一名通過比賽，所以異常引人矚目。

幸好準決賽沒有電視轉播稍微感到安心，沒想到會變成這樣……

由於不久前被搞得有點煩躁，不禁做出強力回應，相當耍帥的行為，眼前突如其來的事態，讓我的腦袋再次變得空白。

「咦？什、什麼，她很有名嗎？」

「說什麼有名不有名……！她是在各項比賽打出堪稱傳說的分數，以她為首的『閃光輪舞—永恆輪舞曲—』團隊，在團體賽也是前三名——」

「呀啊啊啊！你搞錯人了！真的饒了我吧！不，真的要請你離開！」

在我想要隱瞞的祕密當中獨居第一名的情報被人滔滔不絕說出來，理智線輕易斷裂。

「噫！可、可是剛才的打法的確是ＥＮＥ擅長的『夢幻圓舞—神聖夢魘—』……」

感覺內臟揪結在一起的同時，臉上彷彿快要噴出岩漿。

當下很想立刻把這兩個人裝進鐵桶，埋在深山裡。

「你、你認錯人了！啊、啊，請快點出去！拜託了啊啊啊！」

大概是太過吵鬧，門突然以驚人氣勢打開，只見遙一臉擔心地跑進屋裡。

「貴、貴音！妳沒事吧——！」

「呀啊啊啊啊！你也出去！好了，所有人都快點出去——！」

看到我指著門大吼，包含遙在內，三人連忙回答「是、是！」接連跑到外面。

我再次在自己的位置坐下，沮喪地垂下肩膀。

這真是無可救藥的失誤。沒想到居然會以這種方式曝露我的存在……

那個臭臉男子等一下該不會傳送『剛才做出無禮的舉動，實在很抱歉。能夠與您交手是我的榮幸……』之類的訊息給我吧。

不，有可能。或許這幾天不要登入比較好。

——比起這個，現在比較重要的是遙。他該不會聽到剛才的對話吧？要是聽到了……想到這裡，突然感覺想吐。

老實說，連自己都感到丟臉。憑著當時心情取的ＩＤ，以及因為莫名情緒「意義不明的組合名詞」的團體。

不僅如此，連周遭私下稱呼的打法都說出來——

「只能刪除帳號去死了……」

不禁流下恥辱的眼淚。就算是平常被我當成笨蛋的遙，要是知道我的中二病到了這種地步，恐怕也會退避三舍吧。

之前的朋友關係也會輕易地崩潰吧，在現實裡保持距離，最後變成「啊，榎本同學，早安……」吧。

沒救了。最糟糕的情況。話說到底，為什麼經常參加比賽的重度玩家會在這個時候來到這所學校？運氣未免太差了。

總而言之，遙有可能已經聽到剛才的對話，必須先想好藉口。

不過只是碰巧聽到，應該無法理解內容和名詞吧。

嗯，一定是這樣。

沒事的、沒事的。

「貴音，妳沒事吧？」

「嗯，沒事的、沒事的。呃，哇啊啊啊！你、你從什麼時候在那裡的？」

……或許是因為太過專注於內心的糾葛，完全沒有發現遙什麼時候站在我的旁邊。

「咦？什麼時候……大概從『只能刪除帳號去死了』開始吧。」

感覺到臉部溫度瞬間飆升。連自言自語都被聽到了。

而且還是擔心帳號這麼丟臉的內容……

「不、不是的！我說的帳號是那個，很普遍啊？可以和朋友聊天那個……！」

好像不太對。遙明明沒問什麼，低頭拚命解釋的我明顯很可疑。打從心底希望誰來把我埋在山上。

不過我還是在意他的表情，戰戰兢兢抬頭，只見遙不知為何眼中有火焰在熊熊燃燒。

「不，貴音太厲害了！一開始還以為剛才的客人很可怕，和貴音對戰之後居然也對我客氣地打招呼才離開！還說遊戲也很有趣！這一定就是那個，在比賽之後對彼此的認同！」

遙突然充滿熱情地說道。

一改不久之前的膽怯語氣，變成運動家精神覺醒的勇敢語氣。

不過遙的變化怎樣都好，只要沒有提到我的事，就讓我感到彷彿得救的安心。

遙果然沒有聽到。仔細想想就知道這傢伙不會做出偷聽的事。似乎是杞人憂天。

「咦……原來他們說了那種話。那麼應該從中吸取教訓，不會再亂來了吧。不過只要是交給我，這種程度都能輕鬆獲勝！」

「嗯！雖然感到不安，不過很有趣喔！這都是因為貴音的關係！」

沒錯。雖然發生預期之外的事，不過從結果來看，算是成功讓第一組客人享受樂趣。

不僅如此，既然能夠勝過那種等級的客人，看來只要對手不是全國第一的高手，應該不會失去獎品。

從結果來看，這是很好的開始。既然那兩個人已經離去，不安因子也就此消失。

理科準備室的位置與外面的攤位相比，不是那麼擁擠的地方，或許稍微放鬆心情等待客人上門也沒關係。

因為一直都很緊張，感覺口渴的我像是品嚐勝利的美酒，仰頭喝起放在桌子底下的運動飲料。

「貴音好厲害……！話說回來真帥！原來妳是『閃光舞姬．ＥＮＥ』！我也好想見識那招『夢幻圓舞─神聖夢魘─』喔！」

口中的運動飲料沒有流進胃裡，而是飛在空中。

殘餘的液體完美地跑進氣管，讓我忍不住劇烈咳嗽。

「哇啊啊啊！怎麼這麼突然，貴音！沒、沒事吧？」

雖然遙好心地摸摸我的背，如果可以，我希望他從這個地方消失。

裙子被灑出來的運動飲料弄濕，由於過度激烈咳嗽，思考變得越來越模糊。

倒不如說我想就這麼死去。

「嗚……呼，哈……你、你為什麼知道，那個……！」

總算調整呼吸，一邊用手背擦嘴一邊詢問。不，現在問這個或許為時已晚。因為這傢伙不久前一字不差地說出我的外號與必殺技（）名稱。

「啊，因為剛才的客人興奮談論貴音的事。我也打聽到不少事情，真是開心！」

「啊、啊啊、啊啊啊啊……」

這下子連把灑出來的運動飲料擦乾都辦不到，只能低頭不斷呻吟。結束了。再見了，校園生活。校慶雖然很歡樂，不過老實說，我寧願它變成永久消除的記憶。

「咦、咦，為什麼這麼沮喪？真的很厲害啊？貴音是擁有許多粉絲的名人吧？感覺上好像突然變成很遙遠的存在～」

遙再次輕撫我的背，然而「遙遠的存在」這句話毫不留情地刺痛我的心。

沒錯。以常識來想，與普通女生有很大的距離。興趣是普通的購物還比較好。興趣是社團活動才是活潑可愛的女孩子。

就連我也想不通在屠殺殭屍遊戲投入大量時間的女性重度玩家有什麼魅力。

遙是因為誤解這點，才會隨口說出這種話。要是他越清楚我的日常生活，肯定會退縮。

說不定以後會沒辦法把我當成朋友，一想到這裡，我就單純感到害怕。

「唔……雖然搞不懂為什麼貴音這麼擔心，不過不管貴音變成怎樣我都不會討厭妳喔？所以不要這麼沮喪了。啊，對了！下次也教我吧？我想一起玩！……呃，妳有在聽嗎？」

遙一邊摸我的背一邊開口。

難道這傢伙沒有自覺嗎？一點也不害羞地說出這番難為情的話，會對其他人造成困擾。

這傢伙應該不管對誰都是這樣吧。沒有所謂的另一面，不知該說是純真還是單純。

不過正因為如此，「不會討厭我」這句話讓我感到非常安心。

這麼心想，我也是相當單純。

不知是害羞還是開心，總覺得就快流下莫名的眼淚，連回應遙還是轉頭都沒辦法。

「那個～不好意思！我想挑戰看看～」

這時門的另一邊突然傳來應該是客人的聲音。對了，校慶剛開始，不是發呆的時候。

我連忙擦乾眼淚，準備起身前往門邊時，才發現裙子是濕的。

「嗚……啊……」

我以田徑站立式起跑的姿勢僵在原地，遙則是快步走過我的身旁開門離去。

明明平常是個少根筋的傢伙，唯獨這個時候意外機靈。

我趕緊抽取櫃子上的面紙，很快擦乾裙子與地板。

因為是從嘴裡噴出來的，量不是很多，轉眼間就把運動飲料擦乾。

接著把面紙揉成一團，往教室裡的垃圾桶一丟，以什麼事都沒有的模樣走向門口。

稍微打開門，遙以像是在說沒有問題的表情露臉，只見一名不像是先前聲音的主人，大約國中二年級的男生站在門前。

「啊，準備好了嗎？這名男生好像想要挑戰，這次也請展開熱烈的對戰！」

如此說道的遙，眼睛和之前一樣燃著火焰。雖然不是體育比賽，不過在享受同一個遊戲、互較高下這一點，確實存在有如運動家精神的東西。

「沒想到這傢伙挺了解的」在心中感到高興，同時也對接下來的對戰燃起鬥志。

「啊，姊姊是對手嗎？請多指教。」

挑戰者是一名穿著黑色連帽外衣，有著茶色頭髮的少年。露出爽朗之中帶著某種想法的笑容，輕輕點頭示意。

「啊，是的，請多多指教！那麼我來說明規則，請進！」

打開門之後，少年立刻發出「好帥～～！」的感想走進來。

「那、那麼我繼續努力了。」

我一邊對著燃燒熊熊火焰的遙開口，一邊把門關上。

「嗯，那麼我來說明規則！等一下要請你和我利用中央那個遊戲進行對戰。打倒較多敵人取得高分的一方獲勝！很簡單吧？」

我露出之前想做沒有做成的努力笑容，像個親切的大姊姊一樣說明。這次的客人似乎很普通。不，或許是一開始的人太不尋常，才讓我有這種想法……

「咦～好像很有趣！那個人好像不在……怎麼辦？KIDO要試試看嗎？」

「對吧？……咦？KIDO？咦！」

原本面對著我聽我說明的少年，突然朝著自己身旁開口。

一瞬間搞不懂他在做什麼，看往少年開口的方向，頓時看到不可思議的景象。

不久之前，眼前明明只有一名少年。

但是現在卻有一名身穿連帽外衣，身高與少年差不多的女生站在眼前。

雖然室內太暗看不清楚表情，不過從「嗯。」小聲回答的聲音聽來的確是少女。

「啊，這、這這這是怎麼回事……」

驚嚇過頭的我不禁有些腿軟。不管是之前在走廊講話還是帶領進入教室時，明明都沒有看見這個少女。

只有門打開的瞬間才有足夠的縫隙進入這個教室。這麼一想，她一定是在少年進來的時候……不過我明明突然看到這個少女現身。

「姊姊沒事吧？啊，她打從剛才就在了。因為是個不太有存在感的女生，所以常常沒被注意……呃，好痛！」

大概是因為被說不太有存在感所以生氣，只見少女往少年的肚子揍了一拳。

不過就算是沒什麼存在感，照理說應該不可能到達沒有察覺的程度。至少在我以往的人生經驗中，從沒感到這麼不協調。

——該不會是幽靈之類……這個想法突然閃過腦中。不過那樣有點超現實。對於完全不相信幽靈還是思念體等超自然現象的我來說，「碰巧沒看到」還比較能夠接受。

「……可以快點開始嗎？」

「噫……！好、好的！那麼請在裡面的座位坐下……！」

總之不管少女的真面目是什麼，趕快結束才是上策。

就算真的是幽靈，也不會加害人類，應該。

……我想應該也不會受到詛咒之類的。

只不過如果少女不是握著控制器，而是飄在空中開始操作，到時候就逃出去吧。我以不

太能理解的感覺說服自己，走向對戰位置。

我與少女一起就座，直到現在心臟還在噗通噗通快速跳動。

戰戰兢兢瞄了一眼少女的方向，藉由來自正面螢幕的光芒，隱約看見少女的臉。

白皙漂亮的肌膚與長髮。雖然眼神不太友善，不過是個五官端正，絕對有資格稱為美女的女孩子。

大概是面向光源的關係，表情看起來非常恐怖。

我為了保持平常心，決定盡快開始遊戲。

「啊，咦，呃，就像我剛剛說明的，這是採計分制的射擊遊戲。只要打出比我高的分數就會奉上豪華獎品！那麼，請、請問要選擇什麼難易度……？」

「……普通。」

「啊，好的！是這樣嗎！不好意思！好～～那麼開數！」

最後狠狠吃個螺絲，少女身後的少年嘻嘻發笑。

見狀的我突然感到很不好意思。

雖然各式各樣的想法在腦中打轉，不過為了盡可能快點結束，決定先集中精神。

把難易度設定為『NORMAL』在標題畫面按下開始鍵，畫面上開始出現許多敵人。

與之前玩的『EXTRA』比起來，豬的敵人數量壓倒性地多，似乎是這個模式的特徵。

遊戲開始過了一分鐘。

少女沒有特別的打法，就是普通人的等級。

對第一戰與那種程度的高手比過EXTRA的我來說，是場稍嫌不夠刺激的比賽，不過普通女生應該就像這樣吧。

偶爾傳來「呀！」的可愛叫聲，不過還是平淡地繼續。

如果今天是以「不，這個超難的～真是氣死人了～」「哈哈，這也是沒辦法的事嘛，好了好了。」開場，我應該會卸下應對的笑容，掛上般若的面具吧。想到這裡，突然覺得這場對戰好輕鬆。

然而在遊戲剩下三十秒時，我的畫面突然出現異常。

發生原本應該出現的豬敵人消失，槍械的瞄準位置的圖示消失等不可思議的ＢＵＧ。

「咦、咦……？故障了嗎……」

少女身後的少年說聲「ＫＩＤＯ不要怕，加油！」嘻嘻笑著。

即使如此，我還是努力打倒敵人，但是瞄準敵人的圖示憑空消失，我也無計可施。

就在這個狀況中，少女漸漸縮小分數差距。沒想到一開始為了不要讓分數差太多特地手下留情，竟然會在這個時候發生意外……！

就在我心想「糟糕……！」的瞬間，遊戲結束的聲音響起。

因為是拚命打怪，所以不清楚拿了幾分。我在成績發表的畫面出現前，閉上眼睛祈求。

如果我在這裡輸了，就會在第二組客人失去獎品。

這是經營方面無論如何都要避免的事態。

號角聲響起，顯示成績發表畫面。我小心翼翼張開眼睛確認，雖然只是１００分的差距，我的分數還是顯示『ＷＩＮ』的標示。

全身冒出大量汗水。沒想到我會因為遊戲故障陷入危機……

話說老師這傢伙，該不會在重要的地方偷工減料吧？

在我想著這些事時，旁邊傳來少年的笑聲。

「哈哈哈，輸了呢，ＫＩＤＯ。不過作弊贏了也不算數吧？好了，好好向姊姊道歉。」

聽到被畫面光芒映出面孔的少年開口，少女露出像是不甘心，拚命忍住淚水的表情。

「……對不起。」

少女以有點顫抖的聲音一邊說一邊從椅子上站起來，快步走向門口。

「等等，什麼作弊……？剛剛是遊戲故障，不是她的錯啊？」

沒錯，剛才的現象就誰看來都不像是作弊。

就算侵入電腦也不算直接妨礙，所以少女應該沒有任何違規。

聽到我的話，少年還是一樣面帶笑容：

「對不起，姊姊。或許妳不相信，剛剛那個女生使用了超能力。只要稍微檢查一下就會知道機器沒有壞，遊戲也很正常。下次對戰也可以正常使用，請放心。」

如此說道的少年跟著少女走向門口，沒有回頭消失在走廊上。

少女和少年走到走廊的瞬間，傳來遙「哇啊啊啊！」的慘叫聲，八成是和我一樣沒有察覺少女的存在。

我放開控制器，傻傻看著兩人走出去的方向。

感覺就像中了狐狸的幻術。

有如幽靈的超能力少女，以及臉上永遠笑嘻嘻的少年……

就算告訴別人這種事，也只會得到「妳看太多動畫了」不當一回事的回應。

如同預料，遙衝進教室說聲「剛才的女生從一開始就在了嗎？我完全沒有注意！」同樣也是預料之中的話。

「應該一開始就在了吧……？因為你看……」

在我伸手指示的螢幕上面，顯示少女戰鬥的證據，就是與我交手的記錄。

＊

過了12點，校園內被比早上更濃郁的香味包圍。

對於咖啡廳或是攤販等餐飲類展示的班級來說，這是生意最好的時段，至於對娛樂類型的我們來說則是休息時間。

走出陰暗的理科準備室，在門口掛上一塊牌子，上面寫著「休息時間到下午一點」我和遙決定一起去吃午飯。

上午與十幾組客人進行對戰，在第二組的少女少年之後都是有良心的普通客人，沒有任何問題，順利迎接中午。

「一時之間真的不知道該怎麼辦……老實說，我一開始還懷疑是你專門帶些怪怪的客人進來。」

「咦咦？不，沒有那種事！我只是對來到面前的人介紹攤位內容……」

玄關正前方的空間，在籌備校慶期間被藍色塑膠布與瓦楞紙埋沒的地方，如今擺滿各班的攤位，呈現熱鬧不已的景象。

串燒、德國香腸、薯條、炒麵等各式各樣的招牌刺激我的食欲。

在我與遙一邊回想上午發生的事一邊隨意走著時，發現校門口的右邊設有買完食物之後可以坐下來吃午飯的空間。

「啊，在那裡吃午飯好像不錯。每天都在準備室吃午飯，偶爾也……呃，等一下！」

「唔？什麼？」

眼前是不知不覺雙手抱滿食物，以美味的模樣吃著烤花枝的遙。

「……我說啊，你不懂什麼叫配合別人嗎？明明我也是一起到處逛……話說你是什麼時候買的？」

「嗯，噗哇！啊，抱歉抱歉，因為看起來太好吃了，忍不住就……！啊，貴音，也分給妳吃吧？來吧，選妳喜歡的！」

在遙遞過來的袋子裡，裝著大量可以當成主食的炒麵與大阪燒之類的盒子。

「唔……很不錯的選擇。那麼先坐下來吃吧？那裡好像有空位。」

發現好像有空位的我一邊說一邊轉頭，只看到遙的嘴裡含著下一個戰利品，沒有出聲不停點頭。

剛好發現有陰涼的地方，兩個人面對面坐下。今天是個天氣晴朗的校慶日。

戶外顯得有點熱，普通客人當中有不少人穿得很輕便。

我和遙預估今天的活動量不小，所以也穿著輕便服裝到校。

坐下來的瞬間，遙一副「已經忍不住了！」的模樣，露出非常開心的表情從袋子裡面拿出食物。

不久前看到的食物似乎只是一部分，估計大約五到六人份的食物，一個接著一個擺滿整張桌子。

「四……四次元空間袋……？」

面對眼前這些搞不懂是如何裝進這個袋子的數量，遙先是煩惱要從哪一個開始吃，最後拿起大阪燒。

由於我也相當餓，於是把醬汁炒麵的盒子移到自己面前。

「那麼開動了……呃，我沒付錢吧。這個多少錢？」

果然不好意思讓他請客，於是從裙子口袋拿出錢包。

「啊，不用不用。早上老師說聲『用這些錢去買喜歡的東西吃吧。』給我錢了。大概有一萬元吧。所以沒問題！」

「一萬元？啊～那個老師明明把攤位的預算占為己有，想不到還挺大方的！」

「啊，老師好像在製作遊戲途中，為了轉換心情去打柏青哥，聽說贏了不少錢。那天晚上還叫了外送壽司喔。」

聽到這個說法，原本稍微提升的老師評價一如往常下滑。在此同時，眼前好吃的食物突然看起來像是賭博的副產品，心情變得有些空虛。

「咦？貴音不吃嗎？不吃的話我……」

「我、我要吃！話說你到底多會吃？一定會變胖吧？」

說到校慶的攤販，就是高熱量食物的祭典。其實我也覺得薯條很好吃，不過今天雖然是校慶，明天還是會回到日常生活。

我很清楚開心攝取的熱量，明天會反應到身上

然而只見遙以驚人的氣勢將炸雞、德國香腸、可麗餅、長型披薩、薯條、巧克力香蕉全部一掃而空。這個份量非比尋常，更重要的是光是看著他吃，就覺得胃不太舒服。

「因為很好吃。啊，而且我怎麼吃也吃不胖～雖然學校的午餐我沒有帶太多，不過我在家裡都是吃這麼多。」

聽到這個說法，看著遙吃的份量與體型的對比，忍不住感到生氣。

我只要稍微多吃一點，體重就會出現大幅變化，不公平。

「啊啊啊～～……還不如什麼都不吃也不會肚子餓的身體比較好……還有不睡覺也沒關係的身體。」

「咦～那樣太無聊了。不管是吃飯還是睡覺我都很喜歡。」

遙一邊開心地打開漢堡的盒子一邊說出這種話。

「……你看起來好像很幸福。」

「嗯？妳說什麼？」

沾著番茄醬提出反問的臉，看起來很討厭。我暗自希望遙的體重明天增加十公斤，而且到時候不要來向我哭訴。

＊

13點30分。

按照預定重新開張的打靶攤與上午不同，完全沒有客人上門。

「真是奇怪。這是為什麼？上午明明還很熱鬧。該不會有不好的消息傳出去吧……」

我從門口探頭，確認左右兩邊的走廊。遙還是一樣站在教室前等待客人，不過走廊上本來就沒什麼人。

在我帶著不安感受時，只看到遙像是突然想起什麼從口袋中拿出折了兩折的紙張。

「啊，對了對了。一定是因為這個的關係，貴音。」

遙拿出來的紙上，印著校慶當天各班的攤位分配表暨活動行程表。

我拿到之後馬上弄丟了，因為不甘心低頭拜託遙借我，所以一直隱瞞不說。因為這樣，我對今天其他班級的活動一點也不了解。

「啊、啊啊……所以哪個是客人不來的原因？」

「嗯，似乎從13點到14點在體育館舉行『學生會企劃』。我想客人都去看這個吧。」

遙用手指著行程表，上面的確寫著「『學生會企劃』13點～14點」。而且只有那裡用粗線框起來，非常引人注意。

「原來如此。真是的，學生會真愛出風頭。話說不該選在攤位時間，應該挪到之後才對吧……他們這麼做，其他班級也會不高興吧？」

從行程表的設定透露強烈的自我表現欲，至少我無法對此抱持好感。

難得好好吃了一頓午飯，為下午的對戰做準備，結果沒人過來也沒辦法。

「好了好了，再過三十分鐘就會有大批客人。難得有機會，在那之前悠閒一下吧。」

遙把行程表折起來，我打開原本探頭察看的門，走進裡面。

「真是沒辦法。啊～怎麼沒有多一點客人～我會一一做你們的對手。」

我發出不滿的聲音，準備把頭縮回門裡時，視野角落出現人影。

面對走廊的左邊，學生專用的正面玄關方向。不久之前一個人也沒有的走廊上，可以看到三個穿著相同服裝的男生站在那裡。

身穿迷彩褲，頭綁頭巾，面戴護目鏡的模樣，看起來像是剛結束生存遊戲，直接繞過來的打扮。

「那、那群人在搞什麼……是什麼的COSPLAY嗎？不，看起來像是一般客人，該不會是便服吧……？」

不過以便服來說，感覺又太過誇張。只有服裝還沒什麼，揹在身上的背包肩膀部分甚至可以看到類似無線電收發器的東西。

「貴音怎麼了？」

「唔，嗯……好像有可疑人物……不找老師過來沒關係嗎？」

「可疑人物？也、也讓我看看。」

遙一邊開口一邊從我的上方探頭，看向走廊。

「對吧？感覺有點可疑吧？明顯不是過來這種地方的打扮……」

「會嗎？說不定那是一種時尚。有點軍裝風格的感覺。」

對於從遙口中說出「時尚」這種話，令人感到有點驚訝。這傢伙該不會對這方面頗有研究吧……？

說不定從剛剛開始一直被我說是可疑的裝扮，其實是「最近的時尚」……這麼一來不是曝露我跟不上時代嗎？

「嗯。也對，最近很常看到……現在很流行那種服裝吧。東京？還是哪裡……？」

既然這樣我只能參與對話。總之先隨便讚美幾句。無論如何都要避免被這種傢伙認為我跟不上流行。

「嘿～～很流行嗎！不，我對那方面沒什麼研究……話說回來，真不愧是貴音！」

遙爽朗的笑容刺痛我的心。仔細想想，可以若無其事半裸的傢伙，照理來說不會有那種品味或是嗜好。

因為無意義的虛榮心自掘墳墓的我回應「還、還好啦……」良心更是受到罪惡感譴責。

「不好意思，可以請問一下嗎？」

「咦？」

突然有人發出聲音，不由得抬起頭來，只看到不久前的軍裝集團站在面前。

似乎趁著我把注意力放在與遙的無聊對話之時，來到極為接近的距離。

「噫、噫！是、是的！什麼事！」

近看之下，集團散發驚人的壓迫感。

穿著不適合過來學校的集團，不久以前以為是三個人，不知何時增加到六個人。

遙大概也沒察覺，發出「哇啊！」的尖叫聲，驚訝地往後仰，接著躲到我的背後。真是沒用的傢伙。

「很抱歉嚇到你們。我們在找某個攤位，聽說這邊的校慶有個名叫『打靶遊戲』進行遊戲對戰的地方……」

「是、是的……咦？啊，呃～我想你在找的就是我們……」

我先是對這群男人是有禮貌的年輕人感到驚訝，聽到他們在找我們，不禁更加驚訝。

然後眼前的集團也是一臉驚訝地高聲討論。

「喔、喔喔，就是這裡嗎！順、順便問一下，對戰的對手是……」

男人們得知這裡是打靶場地，立刻對我做出像是面對長官的態度發問。

「咦？那、那個……是……是我。」

我盡可能與來路不明的集團保持距離，以從門口露出一隻眼睛的模樣回答。

此時集團發出「喔喔喔喔喔喔喔！」的歡呼聲。

至於打頭陣開口的青年不知為何流下眼淚。沒、沒想到會有這種反應……腦中突然掠過不好的預感……

「不、不好意思……！那麼妳就是『閃光舞姬・ＥＮＥ』大人吧……！十分榮幸可以見到您——」

聽到這裡，我馬上「啪！」把門關上。

果然是這樣。他們是我線上遊戲的粉絲。

如果能在一開始看到那個景象時，想起來就好了。

那身裝扮不就是以前看過的比賽參加者嗎？

如果事先注意到，我就可以巧妙隱瞞這裡是打靶場地，以及我是對戰對手的事！我真是個笨蛋！

話說他們怎麼會知道這裡……？不，這不困難。一定是最初交手的那個臭臉男在網路上宣傳「『閃光舞姬・ＥＮＥ』在進行對戰射擊遊戲！附近的玩家，有一探究竟的價值！」。

消息傳出去的來龍去脈只想得到這個。要是當時再三叮囑他就好了。

「貴、貴音……剛剛那群人是……？」

「咦？啊，嗯，沒什麼！他們已經走了！」

面對一臉擔心的遙，我露出滿臉汗水的笑容回答，背後的門立刻傳來激烈敲門聲以及吶喊：「拜託您！和我們交手一次就好！」

「拜託您！拜託您！」那群男人的吵鬧聲進入耳裡。

啊啊，是什麼人提案做打靶遊戲的？啊，是我。早知道事情會變成這樣，女僕咖啡廳還好上幾萬倍。

外面的嘈雜聲變得越來越大，從這個音量看來，恐怕陸續接獲情報的「戰士們」都聚集過來了。

「……隨便你們了。」

如此說道的我，打開門只見戰士已經增加到十名以上。看到我現身，立刻湧起低沉的混亂歡呼聲。

我用力把門打開，放聲大叫：「我就是ＥＮＥ！想死的就過來，我一一奉陪！」

聽到後面傳來遙「ＥＮＥ……好帥……！」感動的聲音，我忍不住流淚，正式宣布我的青春在此結束。

＊

……在那之後大約過了兩小時。

教室裡滿是觀眾，連教室外面也是人山人海。

與幾十名高手交手，以現在進行式創造「新・舞姬傳說」的我，恥辱的眼淚早已乾涸。

「……又贏了！這麼一來就是四十五連勝了！」

周圍發出不知道是第幾次的歡呼聲，挑戰者流下光榮的眼淚，對我留下讚美的話之後起身離開。

所有的挑戰者都是遊戲玩家，普通客人面對如此驚人的氣氛只能在遠處觀看，呈現不能稱為校慶攤位的異常光景。

「ENE，妳還可以嗎？大概再過十分鐘就會結束，努力到最後吧！」

在我的右邊興奮吵鬧的遙，不知不覺稱呼我「ENE」徹底以搭檔的情緒為我加油。

「啊啊，結束了……我早就結束了……呵呵呵……」

我一邊往後靠在椅子上，一邊發出呻吟。從明天起，校內會傳出什麼關於我的流言呢？乾脆把寫著「ENE」的名牌掛在身上到處晃吧。

在想著這些事的我到達無我境界時，新的挑戰者就座。

在這之前的挑戰者都是身強體壯的男人，這次的挑戰者卻是與第二組身穿連帽外衣的少年少女差不多的身高，穿著紅色運動外套的少年。

在我還沒反應過來時，遙從旁邊拍拍我的肩膀：

「ENE……抱歉在妳興頭上時潑冷水，就時間來說差不多該讓出勝利者的位置了。或許有點不甘心，不過可以請妳輸給他嗎……？」

遙以感到為難的模樣開口。這傢伙到底要誤會到什麼時候？我根本沒有在興頭上。

不過看看時間，的確差不多該在這裡輸掉比賽。

雖然輸給少年就自尊來說有些不甘心，不過這是比賽前就說好的「服務」。

而且總比輸給那些玩家好……

為了讓活動成功，現在不是顯示自我的時候。因為是最後一名挑戰者，我決定露出許久未見的應付笑容。

「你是下一位挑戰者吧，請多指教！規則都知道了嗎？要不要再說明一遍？」

成功地以「可愛大姊姊的語氣」開口。以這個年紀的孩子來說，一個不小心說不定會讓他愛上我——我真是罪孽深重的女人。

「……妳好像因為是全國第二名而得意忘形，不過看來根本沒什麼了不起。判斷很天真，動作也很雜亂。讓人看得不耐煩。」

與我的想像不一樣，身穿運動外套的少年眼睛沒有看我便如此說道。

「咦……？啊，抱歉，姊姊沒有聽清楚……」

一定是我聽錯了。照理來說這麼可愛的少年不可能說出這麼毒辣的話。

「我說『妳很弱』。好了，快點開始吧。難易度妳決定就好，我無所謂。」

——聽到腦中有什麼東西斷掉的聲音。因為重覆了兩次，所以應該沒有聽錯。這個小子說我很「弱」。

不過是個小孩子，居然對我的打法挑毛病。挑剔被推崇為「舞姬」的我的打法。

「你、你說……我很弱……也就是說，你打得贏我？」

「嗯，可以。我可以確實贏過妳。因為妳很弱。」

忍無可忍。今天最沸騰的血液幾乎要突破血管。

不過對方年紀比我小，在這裡發脾氣也沒有意義。

沒錯，這沒什麼，只要打贏他就好。越是沒實力的人才會越大聲。必須親身教導他輸贏才是這個世間的道理。

「嘿、嘿～……！是嗎是嗎是這樣啊……！那就用最高難度比賽可以吧？我是絕對不會輸的喔？」

我把手裡的控制器握得喀喀作響。

旁邊的遙「喂，貴音，要輸才可以！」小聲說道，不過我已經聽不進他的聲音。

——這是賭上尊嚴的對戰。

只有在這個地方徹底擊潰這名身穿運動外套的少年，才能捍衛我的自尊。

「可以啊。妳贏了我什麼都聽妳的。不過妳輸了怎麼辦？」

如此說道的少年第一次看往這邊。帶著悲傷的銳利眼神，散發看透什麼的冰冷壓力。

「我、我也一樣，輸了就什麼都聽你的！要我當你的僕人稱呼你『主人』也沒關係喔？不過我絕對不會輸！」

「是嗎？妳果然很無趣。那麼開始吧。」

說完這些話，少年再次面向螢幕。

我已經激動到不照鏡子也知道自己滿臉通紅。

打倒他……！無論如何都要打倒這傢伙！

我先深呼吸一口氣，然後在難易度選擇『EXTRA』按下按鍵。

「竟敢小看我……一定要讓你後悔……！」

戰爭開始，畫面瞬間布滿敵人。

以結論來說，我打出當天的最高分。感覺狀態很好，稱為使盡全力也不為過的集中力。

然而成績發表的畫面卻出現代表輸了的『LOSE』藍色文字。

另一方面，穿著運動外套的少年的畫面則是顯示『WIN』的金色文字，以及底下……『PERFECT！』的紅色文字。

「騙人……的吧……？」

面對直到現在還無法理解狀況的我，少年說聲「約定……很麻煩所以就算了吧。」便離開教室。

遙連忙站起來，想要追上去把贈品標本拿給他。

「啊……我拿這個給他！ENE直到最後都很帥！辛苦妳了！」

就連面對遙的話，我也無法做出任何的反應。

被年紀比我小的少年小看，大聲放話，最後輸了。

周圍的人開始議論紛紛「應該是故意放水吧！」「不，以比分來說是今天的最高分喔？也就是說『ENE』輸了嗎？」之類的話，不過那些都不重要。

——不甘心。心中充滿不甘的我，直到現在都沒有放開控制器。

「那、那個……我的朋友說了失禮的話，真的很抱歉……」

一名有著黑色中長髮的少女突然對我開口。

今天明明不是很冷，不知為何圍著紅色圍巾的模樣散發非常夢幻的氣息。

「……妳是剛剛那名少年的朋友嗎？」

我先把控制器放在桌上才開口詢問，只見圍巾少女害羞地回答：「……算吧。」

也就是說，那名身穿運動外套的少年不但技術了得，還帶著女生參觀校慶？憤怒的火焰幾乎就要燃燒，不過看到少女感到不好意思的態度，火氣稍微消了一點。

「是嗎……其實也沒什麼。那名少年實力很強，我也很久沒有玩得這麼開心。不過最好提醒他注意一下態度喔？如果一直不改，以後沒辦法踏入社會。」

我有點盛氣凌人地說道，少女露出苦笑之後嘆了一口氣。

「是啊。不知該說他不太擅長與人相處，還是有點以自我為中心……之後我會提醒他的。實在很抱歉……」

「不、不，妳不需要道歉……因為是這個年紀，相信他一定也有很多煩惱。好好跟他說就好了。」

「嗯，我會的。啊，怎麼辦，他拋下我走掉了！不好意思，我也要走了。因為晚一點還要去見父親……」

點頭示意的少女急忙跑出教室。

贈品沒了，客人也慢慢離開，應該是我的粉絲的人也以像是在說「抱歉做出過度的行為」的模樣，迅速離開教室。

我一邊在椅子上坐下，一邊無所事事地看著教室，時鐘指向校慶結束的16點。

走廊的擴音器傳來『校慶活動到此結束。請各班學生遵照執行委員會的指示，開始整理。』的廣播。

聽到這段話，疲勞感突然朝我襲來。今天一整天被捲入許多出乎意料的事態，雖然引發不得了的騷動，不過事後回想還挺開心的。

還有希望我是「ＥＮＥ」這件事不要繼續流傳，慢慢從人們的記憶中風化……

我一邊想著這些事，一邊等遙回來。

那傢伙很努力，或許今天可以稱讚他一下。

對了，偶爾在回家的路上請他吃個飯好了……不，不行。把我寥寥無幾的零用錢用在他身上，應該瞬間就沒了。平分……不，各付各的好了。嗯，就這麼決定。

對了，老師給的餐費還剩下不少。

既然這樣，在老師要回去之前用掉才是上策。

我趴在桌上，無聊玩著控制器等了十五分鐘。

……遙沒有回來。

只是拿個獎品過去，也去太久了。

到底跑去哪裡閒逛了。

秒針的聲音在教室裡滴答滴答響著……活動時間結束之後，各班必須整理教室，17點離開學校才行。

我們當然也必須這麼做，只有兩人負責整理全部，應該要花不少時間。

「那傢伙……該不會偷懶吧。」

——不，他不會這麼做。要是做了那種事，他應該知道之後會挨揍，更重要的是那傢伙的個性比誰都要認真。

不過如果真是這樣，去了這麼久還沒回來，不管怎麼想都很不合理。

在我思考在路上逗留的可能性時，心中突然閃過不好的預感。

該不會在追過去的途中，在什麼地方發病了吧。

曾經聽過遙的病是攸關性命的重症。

不過從他平常的言行舉止和個性，完全看不出來，所以我從來不擔心那傢伙的病。

不過那傢伙連續熬夜好幾天，而且整天都和我一起接待客人，最後還用跑的衝出去。

越是去想，不好的預感就越強烈，心跳頓時加速。

我猛然站了起來，椅子用力倒下，在教室裡發出巨大聲響。

不過那種事不重要。

遙現在說不定倒在什麼地方。

說不定在沒人注意的情況下獨自受苦。

這麼一想，突然覺得坐立不安。

如果我早一點注意到就好了。他是個非常虛弱的傢伙。

可是我一點也不擔心，還硬塞不合理的工作給他。

「遙……！」

我轉向門口，一口氣打開門……！趁勢衝出去的身體——狠狠撞上剛好站在眼前的人。

「哇啊啊啊！」

「呀啊啊啊！」

把對方撞飛的我也因為反作用力飛進教室，用力跌坐在地。因為腰痛一邊發出痛苦的聲音一邊抬起臉來，只看到在隔著門的走廊上，有個眼熟的蒼白青年暈頭轉向倒地。

「遙、遙？」

「好痛、好危險……怎麼了，貴音……？這麼慌張……」

「——笨蛋……！我、我很擔心……」

因為安心與擔心被我撞飛，站起來的我以幾乎要擁抱的氣勢朝著遙跑去。

——不過，當我注意到遙的嘴邊沾著醬汁，以及因為撞擊散亂一地的食物盒子，這份情感直接轉換成飛踢的心情。

「……你在做什麼？」

我在以很痛的模樣揉腰的遙面前停下腳步，由上往下看著他開口。

「咦？什麼做什麼，因為活動結束，想在被丟棄之前去要食物！啊，妳看這麼多！今天可以開派對囉！太好了！」

……怒氣瞬間湧上來。

感覺緊握的拳頭與兩頰漸漸散發熱氣。啊啊，即使只有一瞬間，認真擔心這傢伙的我真是大笨蛋。

「…………貴音？妳怎麼好像在生氣？」

在遙開口詢問的瞬間，我的拳頭已經落在遙的頭頂。

此時校內廣播剛好響起，似乎正在報告我們班在今天的活動當中光榮成為ＭＶＰ。

不過因為被我的怒吼與遙的慘叫聲蓋過，我們兩人過了幾天才知道這件事。

耳機ACTOR Ⅲ

周圍已經沒有任何人。

之前一直被建築物遮住的夕陽，從這個地方可以看得很清楚。

把世界徹底染成紅色的光芒，讓人聯想到彷彿要將一切燃燒殆盡的火焰。

我跑過陡坡，上氣不接下氣地爬上山丘。

頭戴式耳機的另一頭，引導我來到這裡的聲音主人似乎低聲說了什麼，不過努力調整呼吸的我，沒辦法仔細聽她在說什麼。

恐怕已經到了她所說的一切結束的時間吧。不，說不定早就超過了。

不過在抵達的山丘上，什麼也沒有。

不，正確來說，眼前只有畫在巨大牆上的寬廣天空。

「……不對。」

我對於想不起來的什麼事物不在這裡，感到嚴重的不協調感。

原本急促的呼吸慢慢恢復正常。

這個不協調感的真相，雖然依舊模糊，不過慢慢變得清楚。

——不是什麼都沒有。

而是「他」不在這裡。

「還以為終於能夠傳達……」

這句話無意識地從我的口中流露。

逐漸拉長的身影變得越來越淡。

夕陽正要落下。

『……果然已經……不行了。明明只有這裡、只有這個地方能夠傳達……！』

從耳機傳來的這句話，似乎在代替想不起什麼的我的心辯解。

『到頭來一切都結束了！所有的……一切……』

——就此放棄吧。

再也見不到「他」了。

我知道。

『與其……與其是這種世界，不如——！』

不要說這種話。

雖然已經來不及，

不過在最後的最後，

——我想起了自己的心情。

轉身面對時，城鎮也迎接最後一刻。

在封閉的天空崩塌的另一邊，我對她說出最後的話語。

「……對不起……貴音。」

我在逐漸模糊的意識中，看著被火燒盡的程式殘骸。

從耳機的另一頭傳來的這句話，

是句足以引導我再次入睡的話語。

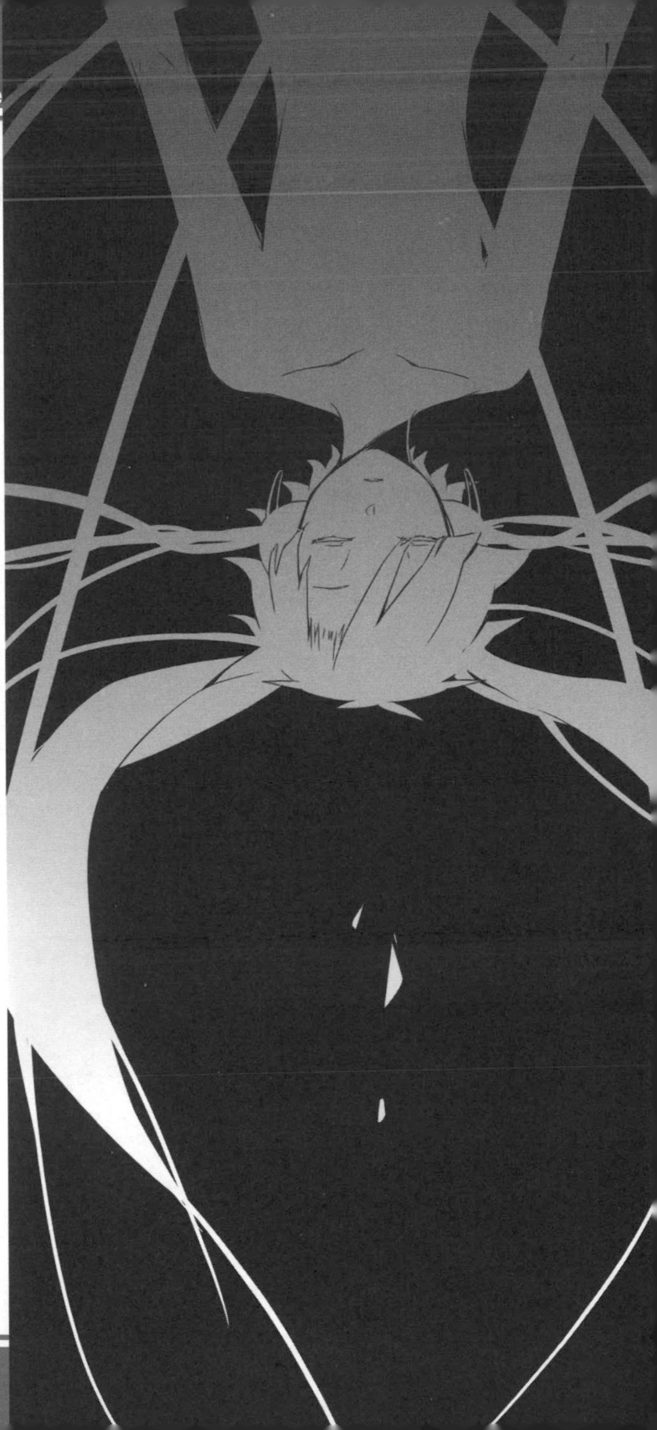

夕景YESTERDAY Ⅲ

盛夏之日。

窗戶外面是一片清澈湛藍的天空。遠處看得見巨大的積雨雲。

「……不行，完全無法理解……」

教室裡正在進行接連不斷的暑期輔導。

遙一面嘻嘻笑著，一面若無其事寫著眼前的講義，相較之下，我則是被迫面臨一題一題辛苦解答的嚴苛戰鬥。

校慶之後過一陣子，我們升上二年級。

話雖如此，班級人數還是一樣只有我和遙兩個人，雖然遺憾，導師也還是楯山老師。

升上二年級後課業逐漸變難，腦袋其實不好的我，每次考試都在拉低平均分數。

「咦，貴音，手又停下來了。我再教妳一次吧？」

遙的進度幾乎是我的一倍，不久前才嘗到讓遙教我無論如何都無法理解的問題的屈辱。

「少、少囉嗦！再一下就解出來了，你安靜一點！」

如此說道的我把精神集中在講義上，不過老實說，幾乎搞不懂上面的內容。

明明是數學卻出現英文，不是寫出答案而是要寫出算式等等，我被搞到昏頭轉向。

「啊哈哈，抱歉抱歉。說得也是，要盡量一個人努力才有意義！嗯，加油！」

遙一邊說一邊比出勝利手勢，再次流暢進行自己的作業。

可惡……再堅持一下好嗎？

糟糕。這樣下去又要剩下我一個人留在教室了。

寫完作業的遙一如往常出聲詢問：「需要幫忙嗎？」

這樣只是純粹提供協助，然而再這樣下去我的威嚴會蕩然無存。

所以今天也和平常一樣，說聲「我想自己寫，你趕快回去！」趕他回家。

啊啊……我在做什麼？寶貴的暑假都耗在低落的學力與無謂的堅持上了。

依照一開始的預定，原本打算為了即將舉行的遊戲比賽作準備，在自己房間進行自主合宿，只是作夢也沒想到會被這種事分散時間。

「唉，怎麼辦，技巧都生疏了……而且兩天沒登入了。這次還是放棄好了……」

當我在講義上用手撐著臉頰，低聲嘟囔的同時，遙一邊說聲「好了。」一邊整理填入所有答案的講義。

「咦？寫完了嗎？好快！咦，不會吧，你要回去了嗎？」

因為太驚訝，害我忍不住說出像是對遙回去感到寂寞的話。我連忙想要訂正，不過遙毫不在意地把包包放到桌上。

「啊……當、當然要回去吧。嗯，回家愛吃多少就吃多少。我一個人解題就夠囉？」

忍不住做出過度不在意的反應。不過遙斜眼看了一眼雙手抱胸的我，說聲「咦？我沒有要回去啊。」接著從包包裡拿出筆記型電腦。

慢慢開機之後，以熟練的速度在登入畫面輸入密碼。登入完畢，顯示遊戲標題的同時，出現一名白色頭髮戴著黑色項圈，名為「ＫＯＮＯＨＡ」的角色。

「啥、啥啊啊？你在想什麼？你想在這裡玩嗎？在我的旁邊？」

「嗯！因為比賽快到了，我在旁邊玩貴音也會很想玩，這樣就能早點完成作業吧？」

「不，根本是在分散注意力啊啊啊啊，已經到達了極限！我也想玩！借我玩一下！」

「哇啊！不、不行！要先做完作業才可以！」

沒錯，遙啟動的是我準備參加比賽的遊戲。

自從那次校慶以來，遙知道越來越多不必要的知識，開始玩起線上遊戲。

我一開始心想「反正很快就膩了」不以為意，殊不知遙越來越沉迷，漸漸玩出心得。

如今已經在遊戲世界裡成為知名玩家，技術提升到能夠在接下來的比賽裡列為優勝候選人之一的地步。

……開始的契機，要回溯到校慶當天晚上。

＊

「……雖然是混亂的校慶，不過還挺有趣的。」

「老實說，差點成為心靈創傷的事也很多……啊！這個小籠包好好吃～」

「留噫點給偶粗。」

「遙，你好髒！食物吞下去再說話！話說老師趁亂喝太多了！已經第幾杯了？」

老師和遙還有我三個人，以慶功宴的名義來吃晚餐。

要來的食物全被遙以驚人的氣勢掃平，在那之後我們兩人手忙腳亂地收拾，總算就此結束校慶。

在整理期間，遙每叫我一次「ＥＮＥ」就踢他一腳，不過這傢伙似乎完全搞不懂為什麼會惹我生氣。真是令人不爽。

在這個過程中，面對像是算準時機，在打掃完畢時才「英雄總是最後出現……」耍帥現身的老師，我比照對付遙的方式狠狠踢了老師，讓他答應請我們吃晚餐作為遲到的道歉。

「哎呀～～話說回來真是厲害呢。我記得是叫『夢幻圓舞──神聖夢魘──』吧？ＥＮＥ充滿氣勢解決敵人的感覺……！」

「所以不是叫你別再叫那個名字嗎！啊啊啊……真是糟透了……」

按照我的希望來到中國餐館，或許是因為離學校有點距離，所以沒有看到同樣為了校慶功的學生。

我在堆疊起來的盤子前用雙手撐著桌面，用手遮著臉發出呻吟。

「哈哈哈！怎麼，身分還是曝光了啊！反正也不是做了什麼壞事，ＥＮＥ不必在意！」

我往老師的手臂揍了一拳，接著大聲嘆氣。

以自暴自棄的模樣，仰頭一口喝乾眼前的柳橙汁。

「沒錯沒錯，根本不需要隱瞞！話說是那個吧，『ＥＮＥ』的名字是取『榎本貴音』(ENOMOTO TAKANE)的第一個發音與最後一個發音吧？」

「是、是這樣……沒錯……那又怎麼樣？」

「咦？不，我覺得很有趣。總覺得不是本名的名字唸起來真帥～我也想取看看！」

遙清空眼前不知道是今天幾人份的料理，一邊期待下一道料理一邊說出這種話。

話說回來，這傢伙的胃到底是怎麼回事，別說是吃得很撐，速度直到現在都沒有減慢，真是令人非常不爽。

「不然是因為那個吧？總覺得『閃光舞姬』和妳扯不上關係……不，等一下！實在很抱歉，請不要打我！」

我用氣勢讓老是說些廢話的老師閉嘴。雖然時間已經是20點，不過因為明天補假，所以時間還是很充裕。

「暱稱這種東西都是隨便取的，拜託不要一直說個不停，很丟臉……」

在被遙吃光前，我一邊把盛到自己盤子裡的辣炒蝦仁送進嘴巴，一邊憤怒地回答兩人討厭的問題。

「我也想取一個！因為叫『九之瀨遙（KOKONOSE HARUKA）』……所以就叫『ＫＯＮＯＨＡ』之類的！」

「好好好，挺不錯的嘛。請多指教，ＫＯＮＯＨＡ。」

聽到我隨口回應，遙的反應比想像中更開心，說聲「喔喔喔！聽起來果然不錯……！我決定以後就用這個自稱！」莫名興奮。

＊

——時至今日。

「因、因為只有你玩太狡猾了！居然想自己一個人提升技術……我也想玩！」

「那是貴音不對吧～～我的作業寫完了。不然等妳做完我再陪妳一起玩，努力寫吧。」

遙說的話不管聽在誰的耳裡都很有道理，我只能像個小孩子一樣「因為……」「可是……」找藉口。

然後再次體會不用功念書學力低落的自己，與認真讀書暑期輔導還來學校的遙的差距。

沒錯，遙不是因為學力問題才來參加暑期輔導。能夠以這種速度解題，單就學力來說應該是學年頂尖吧。

學習態度也很良好，沒有另外指導的必要。不過遙在最重要的「出席天數」差了很多。

去年十二月時，遙自己企劃了聖誕派對，我和老師都要參加。

因為剛好是遙的生日，我還記得為了給他驚喜，難得認真地挑選禮物。很努力地把不多的零用錢存起來，雖然要拿出存到一定程度的金額很痛苦，不過想像遙收到禮物時開心的表情，不知為何也跟著開心起來。

——不過就在當天，遙發病倒下了。

幸好立刻送到醫院，才沒有釀成大事。

我和老師趕到時，他正在狼吞虎嚥五人份的食物，儘管如此，遙從那天起必須住院。

住了約一個星期才出院的遙，在寒假過後精神很好地恢復上學，不過一個月後，再次發病住院。

當時的病情相當不穩，大約一個月不能離開病房。

不過本人比起身體狀況，更擔心當時迷上的線上遊戲，一直對我表示「出院後必須馬上練習」。

之後兩人順利升上二年級，遙的身體狀況很容易變差，就算不到住院的地步，缺席的日子越來越多。

所以現在遙要為了補足出席天數不足的部分，參加暑期輔導。

遙沒有抱怨，只說聲「能夠和貴音一起參加輔導，反而更開心。」不過實際上怎麼想就不得而知了。

——我……有點搞不懂。

「啊，新的武器出來了！大概是因為比賽前吧？買下來好了～～……」

從興奮地看著螢幕的遙身上，絲毫感覺不到沮喪。

不，現在回想，我從來沒有看過這傢伙沮喪的模樣。

不管是班上同學只有我一個人、期待已久的運動會只有我們班是在一旁參觀，還是住院不能上學時，永遠都是面帶笑容。

我總是對遙的笑容感到生氣、無奈……然後逐漸受到吸引。

「吶，遙……」

「嗯？什麼？等、等一下。戰鬥已經開始了！」

遙沒有把視線移開螢幕，認真地作戰。

看他一面自言自語一面玩遊戲的模樣，簡直像個天真無邪的孩子。

……不過其實是相當少根筋的傢伙。倒不如說既然特地留下來，稍微顧慮一下我的心情也沒關係吧。

我嘆了一口氣，再次看著講義，或許是旁邊傳來槍聲，老實說完全無法集中精神。什麼叫「快點把作業寫完」。根本是在分散注意力，只有反效果吧。

心想「乾脆把他趕出去好了」瞪著他，不過他還是一樣完全沒有注意到這邊，怒氣不由得消了大半。

完全沒心情寫作業的我一邊用手肘撐著桌面，一邊轉著自動鉛筆時，腦中突然閃過好主意。我突然站起來，把手伸進掛在書桌旁的包包裡，拿出頭戴式耳機。

……只要戴上這個露出冷淡的態度，這傢伙說不定會緊張地停止遊戲。人在其他人進入自己的世界，開始做自己的事時，便會莫名感覺到寂寞。這傢伙一定也是這樣。

我戴上耳機，把一端接頭插入放在口袋裡的手機。

想了一下要聽什麼，由於沒有特別想聽的音樂，於是打開廣播的功能，傳來帶有下午茶氛圍的音樂。

然後背對遙趴在桌上，閉上眼睛欣賞廣播的音樂。

這麼一來，遙接下來就會感到在意，找我說話吧。到時候我會回應：「我在聽廣播，有事晚點再說。」

連我自己都覺得完美的作戰。我有自信到時候一定會是這樣發展，忍不住露出笑容。

……但是過了一陣子，遙並沒有叫我。

最初的幾分鐘我還「嗯，再過一會兒就會來找我說話了」感覺沒什麼，不打算把頭轉向遙的方向。

但是大約過了十幾分鐘，我深深體會到自己沒什麼耐性。

……好慢。太慢了。

此時的我已經聽不進廣播的音樂，持續與隨時把頭轉向遙也不奇怪的欲望對抗。

然後大約過了二十分鐘，終於到達極限。

「啊、啊啊～～好無聊啊～～還是回家好了～～」

這是最後的堅持，我一邊轉頭一邊開口。

面對自己幼稚過頭又難為情的發言，不由得感到丟臉。

可惡。為什麼我要因為這傢伙出現這種心情。

這傢伙也真是的。過了這麼久還是不理我，太過分了。

還是說我真的這麼沒有魅力……

在我想著這些事時，不知為何突然感到不安，只想確認到現在都沒有開口的遙的表情。

突然興起的衝動讓我忘記無謂的堅持站了起來，拿下耳機轉向遙。

「喂！……遙？」

拿下耳機，在音樂停止的世界，只有遊戲ＢＧＭ繼續播放。

槍擊聲也停了，甚至連操作控制器的聲音都聽不到。

——遙的手垂下，無力低頭……不發一語。

「遙、遙！」

一看就知道狀況不對。我連忙從椅子上站起來，搖晃遙的身體。

不過遙沒有反應，摸到的肩膀越來越冷。彷彿遙的內在消失到什麼地方，身體失去支撐的力量。

我的腦袋陷入一片空白。膝蓋不停顫抖，因為恐懼而流淚。

「不……騙人、騙人……！有、有人嗎！有沒有人在！」

我一邊支撐遙無力下垂的身體，一邊朝向門口的方向大叫。

沒有人回應。在原本人就不多的暑假校內，尤其是這種教室的四周，不可能剛好有人。

「拜託誰來……誰來幫幫忙……！」

我的腦袋已經無法作出正常的判斷，只能緊抱遙癱軟的身體發抖。

我覺得現在一旦放開手，他會前往我再也觸摸不到的遙遠地方。

「神啊……！」

在我如此祈禱的下個瞬間，教室的門突然被人用力打開。

看慣的白袍男子輕聲對我說句：「沒事的。」

——接著慢慢抱住遙。

＊

醫院的候診室籠罩凝重的氣氛。

不時傳來護士急促的腳步聲，我的肩膀每次就會嚇得抖動。

遙被送去的，是幾個月前蓋在山丘上的綜合醫院。

急診室前的長椅上，只有我和老師兩個人坐著。

握在手裡的手帕早已濕透，不過眼淚還是不斷從眼睛流出來。

「……老師……遙，他會醒來吧？……他會再次恢復精神吧？」

我對老師丟出不知道是第幾次的問題。

我也知道這樣只會造成老師的困擾。

儘管如此，老師還露出笑容回應「他正在努力，一定會沒事的。」拍拍我的背。

以前我在哪裡的醫院住院時，祖母也是以這種心情待在候診室吧。

這種感覺彷彿低著頭走在看不到出口的通道。

「一定會沒事的。」

心裡雖然這麼想，揮不去的恐懼就算不喜歡，還是讓我想像到最壞的結局。

當時要是我早點注意到，說不定遙就不會遇到這種事。

都是因為我無聊的固執，讓遙一個人受苦。

說不定那時遙在失去意識之前，還在向我求救。

但是我……我卻……！

我從來沒有這麼討厭自己。

眼淚流下來，落在握著手帕的手上。

——沒錯。這麼沒用的我沒有資格待在遙的身邊，也沒有資格擔心他。

我能對醒過來的遙說什麼？

「幸好你沒事，我好擔心」嗎？

我只重視自己。只有這種時候才說出彷彿平常都這麼想的台詞，漂亮地加以粉飾，以為這麼做就沒事的想法太過天真。

要是老師沒有趕來，我甚至不知道該怎麼做。

因為我是個沒有能力，只會耍任性的存在。

急診室的燈熄了。

自動門打開，遙的主治醫生身穿手術服出現。

老師以驚人的氣勢站起來，跑到主治醫生的身邊開口，我則是因為緊張和恐懼，連移動身體都做不到。

聽不到他們在講什麼，只能看著兩人對話的情況。

「……是這樣啊？務必……麻煩您了。」

老師低頭懇求。主治醫生說了兩三句話，便往走廊走去。

「老、老師……遙他……！」

腦袋混亂的我坐在椅子上抓住老師白袍的一角，聽到我的詢問，老師露出稍微鬆口氣的表情回答：

「……遙似乎還沒醒來，不過至少是保住性命。」

老師在我旁邊坐下來。

額頭微微滲出的汗水，滴落在白袍的領口。

我聽到這句話，安心地摸摸胸口。

遙還活著。只要聽到這件事，開心到所有的一切都變得不重要。

然而腦袋突然閃過遙的笑容，他好像已經到了我摸不到的地方，胸口一陣劇痛。

……說不定他再也不想見到我。

說不定他討厭在最痛苦的時候沒有為他做任何事的我。

如果他現在醒來看到我，會露出什麼表情？

一想到這裡，我突然害怕得不知所措。

「……老師，我去拿遙的東西……」

「嗯？啊啊，這麼說來，他的錢包和手機都還放在學校……不過妳一個人沒問題嗎？」

「沒問題……為了在遙醒來時旁人有人，請老師待在他的身邊。」

我一邊開口一邊起身，朝醫院緊急出入口的方向走去。

彷彿是要逃離什麼。無論如何，我都必須逃離那個地方。

走出走廊盡頭的出入口，全身立刻被室外溫暖的空氣包圍。

再度獨處後雖然還是有點想哭，不過我把掛在脖子的耳機戴上去，頭也不回地邁步。

*

抵達學校時，已經是傍晚了。

與白天相比，蟬鳴聲變少，室外的氣溫也下降不少。

不過或許是有點著急地過來這裡，汗水浸透制服襯衫，濕答答地黏在背上。

我換上室內鞋穿過走廊，朝連接專科教室的右邊走去。

校內與先前相比，顯得更加安靜。

大概再過一個小時，這裡就會變得一片黑吧。

這麼說來，打從那天在這個走廊聚集幾十人的校慶以來，已經過了一年。

奇怪的粉絲聚集，邂逅有如幽靈的女生，那天真的引起好大的騷動。遙迷上線上遊戲也是從那天開始，第一次交到女生朋友，也是以那天作為契機。然後……

「啊，貴音學姊好久不見。怎麼了嗎？」

突然被叫住的我不禁嚇了一跳，拿下耳機。

回頭一看，只見炎炎夏日卻在脖子圍著紅色圍巾的少女站在那裡。

「啊啊，ＡＹＡＮＯ，好久不見。咦，妳怎麼在學校？」

聽到我的問題，ＡＹＡＮＯ「不……」露出有點不好意思的模樣。

雖然瞬間搞不懂，不過仔細想想，沒有參加社團的ＡＹＡＮＯ會在這時來到學校的理由只有一個。

「……該不會ＡＹＡＮＯ也要參加暑期輔導吧？明明才一年級？」

「嗯，是的，成績好像已經很不妙……」

ＡＹＡＮＯ看著地面發出「呵呵呵……」有點詭異的笑聲。

從眼睛無神的模樣來看，ＡＹＡＮＯ的成績已經到相當嚴重的地步。

「……看來很不妙呢。」

「咦，這麼說來，聽爸爸說貴音學姊好像也要參加暑期輔導……？」

……那個老師真的很愛說些多餘的話。雖然是自己的女兒，也不是什麼事都可以說。

「哎、哎呀，不說這個了。說這個大家都不好受……啊，對了，今天那傢伙不在？」

我東張西望警戒周邊，尋找那個散發討厭氣氛的傢伙。

不過似乎沒有發現他的氣息。

「ＳＨＩＮＴＡＲＯ嗎？不，他的腦袋很好，不需要參加暑假輔導……」

ＡＹＡＮＯ一聊到ＳＨＩＮＴＡＲＯ的事就會微微提高音調。真是好懂的女孩。

「啊啊，對了，我記得他頭腦很好。照顧那麼麻煩的傢伙，ＡＹＡＮＯ很辛苦吧？」

「咦～～？沒那回事。試著聊過之後，意外地會發現本性不錯。只是個性有點害羞。」

ＡＹＡＮＯ一邊開口一邊笑了。

啊啊，就個性來看，她將來會很辛苦吧。在我眼中只覺得是個任性傢伙，對她來說應該包含那個在內都很可愛吧。

「原來如此。話說要是態度再友善一點就好了……真是的。那傢伙有個像ＡＹＡＮＯ的女孩子在身邊可以撒嬌，真是幸福。」

在我說完這句話的同時，ＡＹＡＮＯ的表情不知為何變得有些陰沉。

我該不會說錯什麼了吧？

我沒有那個意思。

「……不，我不行。他的身邊必須是比他更任性，拉著他前進的活潑女孩才行……我永遠只是跟在後頭，什麼事也做不了……」

說完這些話的ＡＹＡＮＯ說聲「嘿嘿。」然後搔搔頭。不，等一下，這個世界上應該沒有比他更任性的人了。以自我為中心、壞心眼、讓人捉摸不定的傢伙……咦……？

「應該沒有吧～～……」

「咦？妳說什麼嗎？」

「啊，咦，不！沒有，沒什麼！ＡＹＡＮＯ，抱歉耽誤妳。妳差不多該回家了吧？」

我連忙搖手敷衍。

「啊，不，能夠和學姊聊天我很開心。的確是這樣沒錯……我正想要回去，那麼貴音學姊，一起回家吧？」

「啊，不……遙今天昏倒了。然後老師現在也在醫院，我必須把遙的東西送過去……」

聽到我的話，ＡＹＡＮＯ連忙低頭道歉：

「哇，對、對不起！我不知道這件事還把妳叫住。學姊必須馬上趕去吧？遙學長的病情還好吧……？」

「啊，嗯！雖然還沒恢復意識，不過好像沒有生命危險，老師也在旁邊陪他，應該沒問題。而且……我去了也只會造成困擾……」

無意說溜嘴的話聽起來有些自虐，不知為何胸口有點難受。

為什麼我會說出這種話。明明和ＡＹＡＮＯ沒有關係。

「……貴音學姊，發生了什麼事嗎？說什麼困擾，遙學長不可能這麼想吧？」

「嗯……可是還是不行。我沒有臉去看他……所以如果可以，我甚至想把東西寄放在櫃台就回去……」

連我都對自己的忸怩感到厭煩。實際上明明不是這樣。

突然看了一眼ＡＹＡＮＯ的臉，只見她與平常溫和的模樣不一樣，稍微鼓起臉頰，露出像是在生氣的表情。

第一次看到她露出這種表情，不由得嚇了一跳。

「貴音學姊。貴音學姊對自己的心情太不誠實了。明明早已決定要怎麼做，只是因為害怕就把責任推到遙學長身上吧？」

面對ＡＹＡＮＯ直直盯著我的眼神，不由得被她的氣勢壓過。

「不、不是……」

「不，就是這樣。學姊應該好好去見遙學長，誠實地說出心裡的話。而且……」

話說到一半，ＡＹＡＮＯ大概想起什麼，露出悲傷的表情。

然後為了繼續說下去，吸了一口氣。

「……有時候也有想要傳達卻來不及傳達的事。現在一定還來得及，所以請拿出勇氣。」

ＡＹＡＮＯ說完這句話，立刻恢復平時溫和的笑容。

「ＡＹＡＮＯ……」

「不過要是被甩我會安慰學姊的！那麼我先走了。」

原本有點感動的心情，因為ＡＹＡＮＯ這句話臉頰開始發熱，感動的心情也跟著消失。

由於太過難為情想要立刻辯解，不過ＡＹＡＮＯ已經朝鞋櫃的方向走去。

「啥、啥……唉……竟然被說成這樣……」

我看著ＡＹＡＮＯ的背影直到完全消失，這才低頭再次往理科準備室的方向邁步。

……我真正的心情。

由於含糊帶過已經變成習慣，連自己也搞不清楚。

這對我來說實在太困難。搞不懂自己想做什麼。

只要像以前一樣，在相同的教室一樣度過就好。

既然這樣乾脆不要引起風波，什麼都不說，就這麼度過不好嗎？

——自己心中開始出現這樣的糾葛。

沒錯，這也和平常一樣。

一直以來我總是像這樣，沒有傳達任何事，與他一起度過。

可是這樣真的好嗎……

這才發現平常看慣的理科準備室的門近在眼前。

沒錯，每天一打開這道門，就開始我緊張的一天。

吸了一口氣，然後打開門。

『貴音，早安。』

眨眼的瞬間……感覺他在對我開口，然而在空無一人的教室中央，我們的書桌上只有玩到一半的遊戲，以及堆積如山的參考書。

心臟噗通噗通作響。

這大概就是我一直尋找的東西。

我奔出走廊。

現在終於明白了……！

在這之前我一直想要傳達的事。

現在應該可以說出口。

沒錯，現在一定可以……！

這個想法湧上心頭，為了早點去他的身邊，

腳朝地面用力一蹬——

……本來應該是這樣。

走廊的牆壁突然扭曲，地面以驚人的氣勢逼近。

有如被人毆打的衝擊，讓我的身體就此倒下。

「嘎……哈……啊……！」

沒有辦法好好呼吸。

即使想要移動身體，只能勉強挪動抽搐的手指。

……居然、居然在這個時候……！

早已遺忘的恐懼開始支配腦袋。

與此同時，不講理的睡意奪走我的意識。

……不要……我不要！

沒有抵抗的方法，在意識漸漸模糊之中，

我的雙眼最後看到走廊盡頭有個朦朧的人影。

——為什麼他會在這裡？

明明不該出現在這裡。

連他的模樣也無法辨識，終於到達臨界點。

此時突然想起ＡＹＡＮＯ說的「想要傳達卻來不及傳達的事」這句話。

我真是大笨蛋。明明只是傳達這麼簡單的事，花太多時間了。

在逐漸稀薄的意識中，我直到最後的瞬間還在不斷重覆那句話。

『——遙，我喜歡你。』

耳機ACTOR IV

最後的話傳達到了嗎？
雖然已經沒辦法確認，不過確實傳達了。我有這種感覺。

那是種不可思議的感覺。
就像是泡在溫暖的熱水裡，又像是在空中飛翔……
沒錯，就像從某種事物中醒來一樣。
原本紊亂的呼吸、痛得好像斷裂的腳、總是讓我感到煩躁的睡意……現在的我什麼也感覺不到。

我已經死了吧。
無限的黑暗該不會就是所謂的死後的世界吧……

原本想像中是帶點童話故事的感覺，沒想到神也挺偷工減料的。

至少有點光亮也好……

「唉，總覺得完全搞不懂是怎麼回事……咦？啊！啊～～！啊～～！……可以發出聲音。呃～～……嗯～～身體……也還在。」

我摸摸自己的身體，似乎能感覺得到身體和聲音。

「那麼這是怎麼回事？也不像是被關起來……剛剛看到的，是奇怪的夢嗎……」

突然想起不久之前體驗了壯烈至極的記憶。

慘叫聲不斷的街道。

崩塌的天空。

突然聽到另一個「我」的聲音……

光是回想就忍不住起了一身雞皮疙瘩。

然後因為這樣，讓我注意到「起雞皮疙瘩」這件事。

話說回來，究竟是什麼造成這麼不可思議的情況。

雖然能發出聲音，卻沒有呼吸的感覺。

雖然能夠觸摸身體，卻感覺不到溫度。

如果「死亡」是這麼回事，或許我非得接受不可，不過有件事我無論如何都無法接受。

當時在那個走廊醒來之前，我的身體到底發生了什麼事？

直到現在為止，經歷過好幾次那種感覺。

「在突然睡著後醒來」的感覺。

現在的我完全沒有在走廊上醒來前的記憶。

我也許是因「病」失去意識，在那裡醒來的。

在這之前也發生過好幾次，所以不是什麼值得大驚小怪的事……不過這次醒來後的狀況和以前不一樣。

之前從來沒有這種被有如作夢的現象吞噬，在黑暗中徘徊的經驗。

「嗯～～！搞不懂！這裡到底是哪裡？喂，有人嗎！有沒有人在～～！」

在我如此呼喚後，不知這個舉動是否成為某種契機，黑暗中突然浮現類似方型電視畫面的物體。

另一頭可以看見無數的螢幕，以及有如生物布滿電線的天花板。

「嗚、嗚哇！嚇我一跳……這是什麼……電視？」

靠近仔細一看，那裡是有如實驗室的漆黑房間。

每個螢幕各自顯示參數與時間。

我看著那個房間的方框，應該也是其中一個螢幕。

連要確認這點都沒辦法。

周遭是完全的黑暗。從切成方型有如窗戶的畫面看到的房間，是我目前所知的一切。

話說回來，那個世界到底是怎麼回事？那個時候，有種自己原本生活的世界好像紙作的東西崩塌的感覺。

直到最後我還是搞不懂必須傳達什麼，為此拚命的理由。

「唔～～……雖然很暗看不清楚……不過感覺好像有人在說話？」

由於屋裡只有螢幕的微光沒有開燈，所以看到的東西很有限。

不過從這個方型窗戶似乎可以聽見微弱的聲音。

「……1總之是成功了。哈哈……沒想到一次就搞定。花一年時間準備果然有代價。」

以將耳朵貼近的姿勢聽到的聲音，是我熟悉的人。

「……老師？為什麼會在這種地方……」

我想要確認聲音的主人，改變姿勢望向方型窗戶。

雖然只有一點，不過聲音比剛才更大，慢慢能夠聽得清楚。

眼睛習慣黑暗之後，也漸漸看清微暗房間的全貌。

不過眼前的是不可思議的景象。

在一片漆黑看不見的屋子深處，放著一部像是大型X光機的機器。

白色圓型電擊器以跨過機器的方式設置在床上。

彷彿沒有電位變化的心電圖的螢幕，以及數個按鈕。從電擊器延伸出去的數條電線連接躺在床上的身體。

「那是……我、我……？」

那個人很明顯是我。身穿像是住院病患的白色服裝，頭戴類似頭戴式耳機的機器。

「這、這是怎麼回事？因為我明明就在這裡……！」

此時我突然明白了。

這個該不會就是「變成幽靈」那回事吧？

我的意識明明在這裡，身體卻躺在那張床上。

也就是說……

「我該不會，真的死了吧……？騙人的吧……？」

面對衝擊過頭的光景，讓我嚇到腿軟。

然後我很無聊地在此時察覺「還會腿軟」這種事。

想不到我居然變成打死也不信的「幽靈」。

這樣看來，說不定校慶那天來的少女是貨真價實的幽靈。

不，記得少年好像說她是超能力者。

不管怎麼樣，我只能把這件事當成是超乎尋常的現象。

然後我意外保持平常心。

雖然感到驚訝，但是不是死了就代表消滅。

能夠像現在這樣思考、觀察，證明我確實存在這裡。

「……可是接下來該怎麼做才好？剛剛聽到老師的聲音，那就代表應該在某個地方，有沒有辦法讓他發現我的存在並且幫助我呢……」

我再次觀察屋內，按照之前的感覺，聲音應該是從右邊傳來的……

我硬是把臉貼在方型窗戶上，盡可能看向右邊。

此時位在屋子的深處，之前看不見的死角，突然變得看得很清楚。

只看到巨大水槽……不，像是將裝福馬林的容器巨大化的物體，以及站在容器前面的老師。不過比起原先尋找的老師，裝在容器裡的那個人更令我感到驚愕。

「遙、遙……？」

一瞬間以為那是遙，不過他的模樣和我認識的遙不太一樣。

和躺在床上的我一樣，全身插著導管，以低頭的姿勢在水中漂浮……那裡是一名有著白色頭髮以及淡粉紅色眼睛的青年。

「我記得那是遙創造出來的『ＫＯＮＯＨＡ』……？可、可是為什麼……？」

面對一個接著一個發生的非現實事態，我的腦袋無法正常運作。

為什麼我死了？

為什麼ＫＯＮＯＨＡ會在這裡？

還有為什麼老師會……？

在我無法順利理出頭緒時，方型窗戶再次傳來老師的聲音。

「總之『鑰匙』已經到手。這樣就可以開啟接下來的『陽炎眩亂』。ＫＯＮＯＨＡ……你又……」

話才說到一半，方型窗戶突然刮起強烈沙塵。

心想發生什麼事，把手抵著方型窗戶的同時，我的手在微光下的影子彷彿受到訊號干擾一般，從旁邊慢慢開始崩解。

「噫……！唔，哇啊啊啊啊！這、這是怎麼回事？身體……！」

下一個瞬間，在方型窗戶的另一邊，無數螢幕顯示「DELETE」的文字。

「撒……撒嬌（註：DELETE與日文『撒嬌』的羅馬字拼音相近）？……嘿嘿☆」

我按照指示，以有史以來最確實的方式全力撒嬌。

──不過事態還是沒有改變。

那麼剛剛的指示是怎麼回事……？

「呀啊啊啊！沒有任何改變！啊啊啊，腳開始消失了……！胸、胸部……雖然打從一開始就沒有……」

彷彿是在作夢，我的身體逐漸消失不見。

已經完全無法理解。

這個應該就是所謂的消失。不會錯的。

醒來之後，我該不會在自家床上面臨即將遲到的狀況吧……應該不會。

就在我思考這些愚蠢的事時，身體眼看就要徹底消失。

束手無策的我突然低聲說句「神啊！」但是情況不見好轉，下一個瞬間——

眼前變成一片黑暗。

『……可憐的小女孩。既然已經失去身體，苟延殘喘還有什麼意義？』

啊啊，我果然已經失去身體……我也是這麼認為。

『回去之後也沒有妳的容身之處喔？』

既然這樣……既然這樣就自己創作。不管是什麼地方，只要創造我的容身之處就好。

『真是個傲慢的女孩。妳就這麼想要離開這裡？』

那、那是當然的！因為這樣根本搞不清楚怎麼回事……

『……如果想要離開，那就睜開「眼睛」……小女孩。』

——咦？……話說你是誰？

在我想要詢問的瞬間，眼睛突然熱得像是要燒起來。

與此同時，原本黑暗的世界出現閃電。

眼睛瞬間發眩，眼前——出現登入的畫面。

那對我來說，是最熟悉的景象。

「——原來如此，是這麼回事啊。那麼……首先要找到個容身之處。希望是個不無聊的地方。」

我以習慣的速度在登入畫面輸入密碼。

「ＷＥＬＣＯＭＥ」

感受到完全清醒的爽快感的同時，我跳進文字的海裡。

藍色的指南針以驚人的氣勢轉動，０與１的天空就此展開，閃電交加。

——我那十分漫長的電腦紀行，就是從這裡開始。

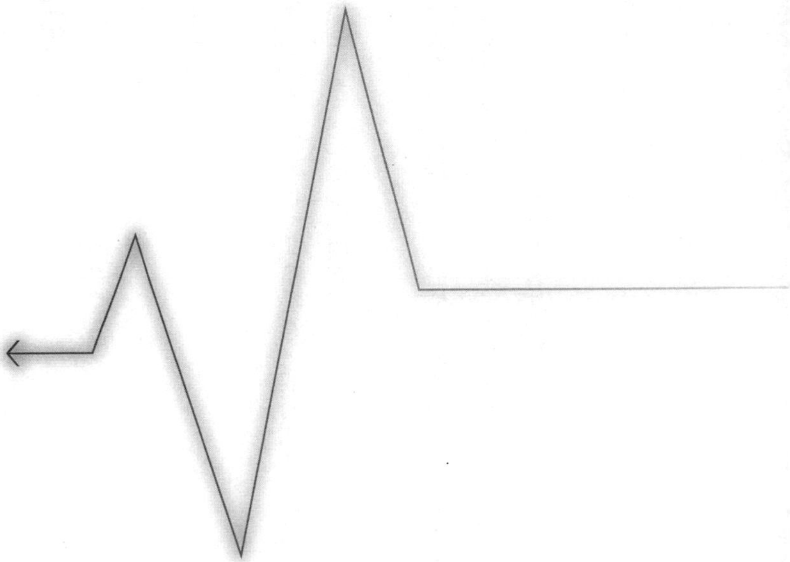

追憶FOREST

8月15日，盛夏之日。

離市區有點距離的郊外道路沒什麼人車噪音，取而代之的是蟬聲大作。
只有生鏽的路標和小型住宅零星點綴在沒有盡頭的路上。

在裂痕明顯，鋪設不善的人行道旁，也是任由未經修剪的雜草恣意生長。
時間大概是中午過後。感覺在這條路走了幾個小時，不過實際上才過了幾十分鐘。
在如此嚴苛的情況下，體感時間往往會比現實更加漫長。

——事情的開端要追溯到昨天。

我，如月伸太郎不知為何從大約兩年的家裡蹲生活，莫名跑到外面的世界。

雖然說不知為何，其實只是因為惡劣的病毒ＥＮＥ的惡行弄壞電腦零件，決定到附近的百貨公司購物，如此單純至極的理由。

不過在目的地的百貨公司，遇到恐怕只有幾萬分之一機率會遇到的「恐怖攻擊事件」被當成人質，還被開槍射擊。

……一般人聽到這裡應該很難相信吧，但是接下來才是正題。讓我們繼續說下去。

當時身在事件現場的奇怪團體救了被開槍射擊的我。

那是擁有透明人與梅杜莎與變色龍男，名為「目隱團」的團體。

……這個團體很明顯比恐怖分子更奇怪，不過似乎為我處理傷勢並且照顧我，看樣子應該不是壞傢伙。

——到這裡還沒有問題。

盡最大限度壓抑各方面想要吐槽的心情，只要能說聲「謝謝各位，再見。」回家繼續享受家裡蹲生活的話，應該可以忘記各種疑問。

不過在我對名叫「ＫＡＮＯ」的男人擅自說的話隨口說聲「喔，是這樣啊。」之後，居然變成「既然被你知道祕密，就不能讓你回家。」這種我們是犯罪組織請多指教的展開。

——我理所當然加以反駁。

先是為照顧整晚失去意識的我表達感謝。

但是我不打算唯命是從，也因為許久沒有離開房間的衝擊，身心早已疲憊不堪。

話說把這麼不尋常的事告訴別人，對方絕對會說：「你是腦袋有問題吧。」

所以當然不可能洩漏出去。絕對不會。

……然而我家的瘟神系病毒「ＥＮＥ」做出「真是有趣的發展耶，主人！」容易理解的反應，帶著我丟臉的祕密情報加入目隱團。

再怎麼勸說她都沒有用，最後只能哭著加入，現在得到目隱團No．7「ＳＨＩＮＴＡＲＯ」的位置。

『媽媽，我交到朋友了！加入一個名叫目隱團的團體！我是七號團員！……咦？我幾歲了？討厭，媽媽不記得了嗎？十八歲啦！』

——好想死。這樣真的很想死。打死也說不出口。

「吶，哥哥，真的光看都覺得好熱……而且那件衣服完全不行。」

在我一個人於腦內進行獨角戲時，從剛才一直走在旁邊的妹妹「ＭＯＭＯ」以不滿的態度對我開口。

年紀比我小兩歲的妹妹，今年十六歲。不久之前……話雖如此應該是幾年前，當時還是個會叫「哥哥、哥哥。」一對我撒嬌的可愛妹妹。

上了高中後，對待我的態度劇烈改變。

開始採取女高中生常有的高壓態度。

而且不知道出了什麼錯，居然成為偶像，現在整個城市到處張貼她的海報，似乎相當受到社會大眾的喜愛。

妹妹的活躍固然令人感到高興，不過類型與我差太多，最近聊天的機會越來越少。

只是在偶像活動方面似乎承受相當大的壓力，昨天和事務所商量過後，似乎可以暫時休息一陣子。

平常好像也沒什麼朋友，看到她與目隱團的人有如朋友的關係，身為哥哥的心情雖然有些複雜，不過也稍微感到安心。

「——我說啊。看你滿身大汗的，把外套脫掉吧。又不是在參加忍耐比賽。」

以這個氣溫與流出來的汗，穿在身上的運動外套裡面的確像是在洗三溫暖。

或許應該脫掉比較好，不過我的皮膚脆弱不想曬傷，而且脫掉這件名為「運動外套」服裝文化的終極體，至高無上的時尚單品，對於拜倒在運動外套魅力下的我實在辦不到。

曾經被友人（女孩子）稱讚「SHINTARO穿運動外套很好看呢。」也是原因，不過現在說不定已經成了某種詛咒。

「吶～～吶～～我說！哥哥有在聽嗎？我說很熱！」

從她固執地對我抱怨這點來看，這傢伙恐怕是把對天氣熱還是疲倦之類的不滿發洩在我的頭上。

我能了解她的心情，我的狀況也和她差不多。被唸得受不了的我決定回應妹妹的挑釁。

「對妳沒有直接影響吧？話說妳那才是什麼衣服……搞得好像綜藝節目的處罰遊戲。」

ＭＯＭＯ身穿胸口寫著「鎖國」大字的連帽外衣，俗氣的程度連搞笑藝人都不會穿。

看在別人眼裡，應該會誤會「啊，這個人做了什麼壞事，正在接受到懲罰吧……」。

「啊？居然不懂欣賞這件衣服的可愛……哥哥果然沒有品味！話說哥哥才是，那件運動外套是打算參加搞笑藝人的搭便車企劃嗎？趕快訪問農家，為美味蔬菜流下感動眼淚吧。」

ＭＯＭＯ大概是很喜歡那件衣服，也以相當尖銳的語氣應戰。

但是為了捍衛運動外套的尊嚴，我不能在這裡落敗。

乾脆把密藏的ＭＯＭＯ的「弱點」說出來吧。

「少囉嗦。我知道喔，妳每天晚上都會一個人邊笑邊看著遊戲的實況動畫。那樣很噁心。一邊吃魷魚絲，一邊把房間的燈關得很暗。妳是大叔啊……」

聽到我意想不到的反擊，ＭＯＭＯ露出十分焦急的神情：

「等……為什麼？為什麼會知道這種事？」

個性倔強的ＭＯＭＯ臉色瞬間變得鐵青，現在則是慢慢變成紅色。

我繼續發動追擊：

「哎呀，因為我上廁所時經過妳的房間，聽到裡面傳來『呵……呵呵……』奇怪的聲音。而且門也半開，理所當然就看到囉。」

話才說完，ＭＯＭＯ露出無法反駁的表情緊握拳頭。

贏了。畢竟是妹妹。不可能贏得了哥哥。

「差……差勁透了！真不敢相信！話說哥哥平常才是都在看色情圖片吧？ＥＮＥ告訴我囉？她說『主人的性欲沒有所謂的極限』！真是超丟臉的！」

從戰勝的興奮感突然跌落谷底，原本因為高溫而排汗，突然一口氣冒出冷汗。

「妳、妳、妳、妳說什麼……！」

「就是我說的那樣！」

「什、什麼叫妳說的那樣……？啊、啊啊〜我知道了，那是不小心點到奇怪廣告的時候吧？不，我敢說誰都有過這種經驗！」

「嘿……原來一天當中會點錯好幾次。ＥＮＥ說過：『主人在看完之後會以極高的頻率，坐立不安地走出房間。』……」

腦袋裡響起激烈的警報聲。

我，如月伸太郎面臨生命危險！雖然很想立刻把口袋裡的手機扔進水溝，不過比起這個，現在必須先改變話題。MOMO已經徹底以看著垃圾的眼神看向這邊，不過應該還有機會。還有什麼……！

「什麼嘛～你們聊得很開心啊！真不愧是兄妹，感情真好！」

「好痛！」

突然被人從後面拍背，嚇得跳了起來。

我趕緊轉頭一看，只見背著鬆鬆軟軟的白色物體，穿著綠色連身服的高個子青年，面對我們展現爽朗的笑容。

那是我加入的目隱團的青年成員。

對了，這傢伙應該打從剛才就待在後面吧。也就是說應該有聽到對話內容……他該不會是要對被妹妹逼到走投無路的我伸出援手吧。

「……你……呃，我記得你叫ZEDDO吧？」

說出隱約記得的名字試著與他對話，結果失敗了。看樣子我是記錯了，側腹瞬間挨了一記MOMO的肘擊。

發出「嘔噗！」呻吟聲的同時，體內的空氣以驚人的氣勢噴出來。

「是SETTO！明明早上才介紹過吧？真是的，哥哥真的很不會記人名……！」

MOMO以「真是失禮的傢伙」的表情瞪視我。不過正當她想繼續說教時，從連身服男的背上，鬆軟的白色物體突然傳來不滿的聲音：

「……不對，是SETO……」

隔著被稱為SETO的男人的背，只有粉紅色的眼睛看向這邊。

身為鬆軟白色長髮物體真面目的MARI以不滿的表情繼續訂正：

「是SETO才對……搞錯名字……很可憐。」

被MARI盯著看的MOMO一臉驚訝。

還看得出來她瞬間斜眼確認我的臉色。

「哈哈哈！沒關係的，MARI。SETTO聽起來很帥氣不是嗎！」

SETO露出一臉不在意的表情加以安撫。

MARI「姆……」露出有些無法接受的表情，把臉靠在SETO的肩膀不再開口。

瞬間一陣沉默……MOMO不加理會，默不出聲想要提高步行的速度，但是我不會讓她得逞。

「……喂。」

我語帶不滿地追問MOMO。這也是理所當然。挨了一記肘擊，被訂正的名字原來是錯

大江戸

的，無論是誰都會生氣。

「妳是什麼意思……」

「哥、哥哥也錯了吧？我還比較接近……」

「不是遠近的問題吧！SETTO是什麼！」

看著我們無可救藥的對話，SETO發出「哈哈哈！」豪爽的笑聲。

雖然今天早上才見面，不知該說是表裡如一，還是包容力很高的「度量」。

看到SETO付之一笑，MOMO和我對於無聊的爭執也感到不好意思。

「嗚……對不起SETO，叫錯你的名字……MARI也是，抱歉讓妳不高興……」

MOMO轉頭向兩人道歉。

MARI從SETO的肩膀抬起頭來，低聲說了一句：「……SETTO聽起來是有點帥。」

聞言的MOMO鬆了一口氣。

「話說回來，居然能在這麼熱的天氣揹著人走路。」

「嗯？啊啊，因為平常打工會揹各種東西完全沒問題。再說MARI不重，很輕鬆！」

SETO的體格確實很好。若是擔任兩年自宅警備員的我的纖細手臂，別說是女孩子，就連揹起嬰幼兒都有困難，太了不起了。

視野角落的MOMO交互看著我和SETO，然後用鼻子「哼！」了一聲，不過我決定當作沒看到。嗯。

「話說MARI這樣不行喔。平常不好好運動，就會像今天一樣馬上中暑。」

「唔，嗯……我接下來會開始散步……」

MARI走出家門沒幾分鐘就倒下，在那之後一直被人揹。

她似乎是個平常很少外出的女生。

突然湧起無法言喻的親近感。足不出戶的大小姐與家裡蹲尼特族，彼此差距有如天與地……太遺憾了。

周圍吱吱作響的蟬鳴變得更加吵雜。

看來應該已經離市中心有一段距離。

人行道的旁邊零星出現小規模的樹林，住宅的數量也大幅減少。

才走了一下就有這麼鄉下的景色，雖然昨天多少也有察覺，再次對於市中心的發展情形升起異樣感。

ＭＯＭＯ拿在手上稍微老舊的觸控式手機，昨天淋到茶之後似乎一度在死亡邊緣掙扎。不過聽說「和乾燥劑一起放進袋子裡就復活了」。

「不過真的很對不起大家。因為我的關係，害大家要用走的……」

ＭＯＭＯ低下頭小聲說道。

搭公車的確比較快，不過ＫＩＤＯ的「隱藏目光」能力似乎有「被人撞到就會瞬間解除」的弱點，在公車這麼密閉的空間使用很危險，於是決定步行前往。

話說今天的預定原本是「去昨天購物的百貨公司的屋頂遊樂園玩！」不過昨天發生恐怖分子的襲擊，今天百貨公司應該沒有營業，所以行不通。

但是ＥＮＥ「非要立刻玩到不可！」的任性要求，於是採取到郊外遊樂園的替代方案。

團長「ＫＩＤＯ」以及另外一名團員「ＫＡＮＯ」會晚一點到，目前是由剩餘成員朝著遊樂園前進。

至於ＭＯＭＯ，由於我們走在原本就沒什麼行人的路上，如果是在這裡，出現在外面也不會有問題。

「……ＫＡＮＯ說過『就像是把森林公園直接當成遊樂園的感覺』……話說是不是那

個？你們看！好像看見摩天輪了！」

ＭＯＭＯ突然伸手指向右前方。

前方出現一片廣闊的森林，在樹林之中，的確能夠看到部分雲霄飛車軌道等不折不扣的遊樂設施。

「喔，好像是耶！妳看，ＭＡＲＩ，到了喔！」

ＳＥＴＯ輕輕搖晃身上的ＭＡＲＩ，ＭＡＲＩ立刻抬頭說聲「真的耶——！好棒、好棒！」眼神閃耀光芒。

「這麼說來ＥＮＥ好安靜。打從剛才都沒有說話，沒問題吧？」

「因為她不想消耗電力。已經事先吩咐到了再叫她！」

還以為她今天也會大聲嚷叫，原來弱點是在意想不到的地方。

「原來如此。那麼差不多該叫醒她了……啊！那個好像是團長。」

在前方大約四十公尺左右的地方有個大招牌，上面寫著「自然遊樂園」底下則是接送公車的停靠站。帶著家人的乘客紛紛從剛好停靠的公車下車，我也發現認識的兩人組。

「果然沒錯！哇啊啊，好多人下車了……！我打電話給她！」

ＭＯＭＯ趕緊戴上連帽外衣的帽子，開始打電話。

「啊，喂，是團長嗎？我們已經在大門附近……是的！沒錯沒錯。那麼我們會在原地等，麻煩妳了！」

打完電話之後，只見ＭＯＭＯ坐立不安地環視周遭。下車的乘客沒有成群往我們的方向湧來，而是走向遊樂園的入口。

在人群之中，看到先前的兩人往我們這邊走來。

「也就是說只要有ＫＩＤＯ的能力，就算是遊樂園也能開心遊玩……對吧？」

「沒錯！就是這麼回事！」

ＭＯＭＯ從帽子底下露出彷彿小孩子的笑容。

＊

——奄奄一息的我發現長椅，坐在椅子上。

由於有茂密的樹木提供遮蔭，椅靠傳來濕涼的溫度。

我接著深呼吸。三半規管大概還沒有正常運作……直到現在還殘留像是坐船的感覺，再次湧起嘔吐感。

「SHINTARO，你還好吧？真是的，MARI等人一下子就太興奮了。居然突然跑去坐雲霄飛車……」

在我左邊坐下的SETO遞來寶特瓶裝的水，並且摸摸我的背。

「不，SHINTARO呵呵……真的不用放在心上喔。呵呵……」

像是夾住我一般在右邊坐下的KANO把雙手放在後腦勺，帶著惡意出聲安慰。

「KANO，這樣很失禮喔？也是有不擅長玩尖叫系設施的人。稍微吐一下就被人小看太可憐了。」

「不……不要再說了……拜託……」

就算是出自SETO良心的提醒，說出「嘔吐」的事實，只會對我的精神造成傷害。真的很想死。

「啊啊，抱歉抱歉。因為SHINTARO捉弄起來太有趣了。話說回來，MARI居然能夠接受尖叫系遊樂設施真是出人意料。KIDO則是不出所料一臉緊繃。」

他的發言讓我的腦中浮現女生組的臉，羞恥感受再度湧現。被看到我的醜態，完了。

「因為KIDO是在裝酷。不過幾個人像這樣一起出來玩，感覺很不錯呢！」

SETO繼續摸我的背，有些感慨地說道。

哪裡不錯了？就是因為這樣，我才會變成嘔吐人。

「的確，這是第一次像這樣出來玩吧。SETO每天打工好像很辛苦，昨天也是很晚才回來吧？」

「是啊……話說昨天回去發現變得好多人，嚇了一大跳呢！」

「這麼說來，自從MARI以來，好幾年沒有團員加入了吧。人數增加KIDO似乎也很開心，真是太好了。那麼在SETO看來，覺得KISARAGI怎麼樣？」

SETO和KANO在坐在長椅上的我背上愉快交談，想起成為話題的MOMO冷淡的表情，實在不想參與這個對話。

「真的是個有禮貌的好孩子！由害羞內向的MARI介紹雖然也很驚訝，不過沒想到居然是偶像！」

「吶，KIDO帶她過來時真的嚇了一跳。KIDO那副焦急的表情……呵呵。」

KANO以很開心的模樣發笑，至於我已經快哭了。

「啊，還有ENE！她也是出乎意料的優秀角色！不過那個是怎麼回事？是從哪裡操控

阿咔
……。

的嗎？」

「你說手機裡的女孩啊！唔～嗯……？看來好像是真的住在手機裡面……」

ENE的話題出現的同時，我的眼睛流下眼淚。那傢伙絕對不可能忘記剛才的醜態，恐怕在我踏進墳墓前會一直被玩弄吧。

「看起來果然是住在手機裡。嘿，那是怎麼回事，SHINTARO……呃，怎麼？你為什麼哭了？」

湊過來看著我的KANO，臉上不管怎麼看都像是寫著「發現有趣的東西了～～！」的表情。真是陰險的傢伙。

若無其事地把手繞到背上的動作感覺也很噁心。

「少、少囉嗦！沒事！……你說ENE怎麼了？」

我切換心情，回應KANO的問題……加入他們的對話，心情或許會好一點。

「咦？啊啊！對了對了，ENE！你和她是怎麼認識的？果然是最近流行的那個？交友網站之類的？」

「怎麼可能！雖然搞不懂是怎麼回事，不過好像從很久以前就住在電腦裡……我對她從哪裡來是什麼人都不知道，即使問了也回答不出來。」

雖然是沒有解決任何疑問的回答，不過ＫＡＮＯ「喔、喔。」一副理解的模樣。

「原來如此～也就是說是那個吧？ＳＨＩＮＴＡＲＯ一直追問ＥＮＥ過去的隱私，惹ＥＮＥ生氣了，所以……」

「不是！你聽到什麼了？剛才的對話完全沒有這些要素吧？過去的事不重要，如果她不想說……」

面對過度缺乏理解力的猜測，我忍不住加以吐槽，ＫＡＮＯ一邊「開玩笑、開玩笑的！」一嘿嘿發笑，一邊拍我的背。

啊啊，這種感覺就是那個。一般說的「未經思考就加入社團的社團前輩，是個非常麻煩的傢伙，所以想要早點退社的感覺」。

「好了好了。吵架是不好的……啊，ＳＨＩＮＴＡＲＯ沒水了吧！我去買水！」

聽到ＳＥＴＯ這麼說，這才發現寶特瓶幾乎空了。

「喔喔，不、不好意思，我自己去買就好……」

一直受到照顧，心果然有點刺痛，就在我準備從長椅上站起來時，被ＳＥＴＯ按著肩膀坐回去。

「沒關係！你休息吧！我剛好想去買個飲料！」

SETO一邊說一邊露出有如飲料廣告的爽朗笑容，接著快步走開。

「啊！等……我給你錢……」

我連忙翻找口袋拿出錢包，不過SETO已經走遠，「等一下再給我！」揮揮手消失在人群之中。

「SETO在裝傻，真是的。」

KANO打個呵欠，再次交叉雙手放在腦後。

我也不想和他多說什麼，於是陷入沉默。感覺只要開口，這傢伙會藉機開始滔滔不絕。老實說那樣很麻煩，所以盡量避免與這傢伙交流。

對了，突然想起昨天我和他兩個人成為人質坐在一起的事。

根據MOMO的說法，這個「目隱團」的成員年紀似乎都比我小。

會說出「所有團員一起去遊樂園！」這種話，的確相當孩子氣。

不過我聽到他們擊退占領百貨公司的恐怖分子，以及各自擁有獨特的「能力」時，判斷似乎不是普通的「裝傻搞怪集團」。

——話說這個團體要做什麼，為了什麼目的而組成？

據說這個團體在MARI加入前，只有KIDO、SETO、KANO三個人。

現階段的人數包含我在內是七個人，然後除了我的所有人都有「什麼能力」。

團員基本上要服從身為團長的KIDO。

目前知道的情報只有這些。

ENE與MOMO對於這個團體的活動內容似乎不太在意，而且這兩人「思考」功能明顯有問題，不能指望她們。

這麼一想，我對於「加入神祕團體而且在不自知的情況下與大家混熟」的這個現況，感覺有些危險。

雖然只相處一小段時間，不過就交流的情形來看，這些人似乎不是壞人。

能夠感同身受並為MOMO束手無策的「能力」煩惱，在我的認知裡，那就是朋友。

實在不想把他們當成是為了自身利益，目的是某種犯罪行為的團體。

不過在那個「能力」方面，也還不清楚這群人知道得那麼詳細的理由。

察覺到MOMO有這種能力，大約是開始引人注意的時候。明確出現的時期與原因，本人不用說，我當然也不清楚。

不過從這群人說話的語氣聽起來，似乎知道這個「能力」的真面目。

如果真是這樣，這群人到底是什麼人……

「來！SHINTARO，水買回來了！」

在我嚴肅地竭盡所能找出這群人的祕密時，SETO買來的寶特瓶水緊貼我的脖子。

「呀啊啊啊啊啊啊啊啊！嚇我一跳！你、你……你也看一下情況吧！我、我正好進入嚴肅的氣氛！」

「咦？喔喔，那還真是抱歉。不過到處都是破綻……」

「嘻！」SETO大模大樣露出爽朗的笑容，豎起大拇指。

「不，你是武士嗎？啊啊啊，害我忘記原本在思考什麼了。唉，算了。總之……」

稍微激動了一點，壓倒性的虛脫感頓時襲來。看樣子我似乎不適合認真的角色。

「好了好了，SHINTARO，今天不好好玩是你的損失喔。不然我陪你一起玩尖叫系遊樂設施特訓如何！」

這傢伙不知道從哪看出我會附和這個提議的可能性，眼睛閃耀著火焰般的光芒。

另一方面，KANO低聲表示「十八歲還進行遊樂園設施的特訓啊……」稍微停頓之後「噗！」笑了出來。

「下輩子之前都不會參加！……話說你們不用陪我沒關係，去別的地方逛逛吧……」

總之和這兩人在一起，感覺不會有什麼好事。

對了，既然這樣，偶爾一個人安靜獨處也不錯。

不，等等。現在ENE移到MOMO的手機，這麼說來，能夠真正獨處的機會……

「──只有現在！」

在開口說出這句話的瞬間，突然燃起我「想要獨處的渴望」。

對了。仔細想想，最近總是有ENE跟著，完全沒有一個人的時候。

既然這樣，就應該一個人徹底無拘無束。

下定決心的我以驚人的氣勢從長椅上站起來。

KANO的肩膀抖了一下，以詫異的表情看過來。

「咦，什麼什麼……？突然怎麼了，SHINTARO…………發作了？」

「為什麼會發作！不，我想一個人到處逛逛！不好意思，請不要跟來！再見！」

我一邊說一邊快步遠離他們，混進人群之中。

就這樣漸漸被人群分隔，走到完全看不到的地方。

太棒了……！居然在意想不到之時，獲得夢寐以求的獨處時間。

啊啊，這麼說來，我有多久沒有所謂的個人隱私了。

因為ENE的關係，害我除了洗澡和上廁所之外，其他所有時間都要戰戰兢兢度過。

睡在床上會被吵醒，上網也被妨礙，想要看些危險的網站，立刻被妹妹挖苦……

——但是今天，我終於可以從這個詛咒中解放出來。

壓抑想要「啊啊啊啊啊太棒啦啊啊啊啊啊啊！」大叫的心情，再次環視周遭。

對了，既然是自然生態豐富的遊樂園，應該會有悠閒午睡的場所。不，現在那傢伙不在，還可以盡情上網吧？

啊啊啊……簡直是天堂。今天來到這裡實在太好了……！

世界上充滿美妙的事物。對了，今天一定能夠成為美妙的一天。

這一定是神賜給平常都很努力的我的禮物——

「吶……」

吵死了，我正在忙，不要跟我說話。

啊啊……今天真是太美妙了——！

「嘿……SHINTARO沒聽到嗎？」

——被人叫了一聲，一口氣返回現實。

差一點因為過度的開放感而一腳踏進危險的世界，多虧這個聲音讓我總算能夠抑制。

……到底是誰？

我看過周圍，發現有著一頭非常容易辨識的白色鬆軟頭髮的少女含淚站在那裡。

「……為什麼不理我……？」

「咦，啊，啊啊啊抱歉抱歉！呃……對了，ＭＡＲＩ！不要哭！好嗎？」

ＭＡＲＩ露出很不開心的表情，不過這應該是我之前沒有反應的關係。雖然道了歉，不過ＭＡＲＩ還是很不開心，眼淚在眼眶中打轉。

「……為、為什麼這麼不開心……？發生了什麼事？」

聽到我的詢問，ＭＡＲＩ點點頭，伸手指著右邊的方向。

那裡蓋了一座應該是遊樂園的遊樂設施之一，上面掛著「冰之大迷宮」的巨大招牌，以及用冰做成有如城堡的巨大建築物。

「那個怎麼了……妳想進去嗎？」

我的話才說到一半，ＭＡＲＩ立刻用力點頭。

……老實說，我想說聲「那就進去吧？」離開現場。難得的獨處時光，為什麼要被那種兒童向的遊樂設施奪走？

至少稍早之前的我是這麼想的。

但是要是我在這裡說出這種話，她應該會哭。

……這麼一來會怎麼樣？很簡單，看在周遭眾人的眼中，應該只會覺得我是對天真少女施暴的變態。

到時候肯定會被警衛帶走，進一步揭開我的能力「高中退學！」「沒工作！」「家裡蹲！」「處男！」…………

再這樣下去，未來等待我的就是社會層面的「死」。

無法推脫責任。

「……好吧，MARI，只要一起進去那裡，妳就滿意了吧？」

「嗯！我想進去！一起去吧？」

如此說道的MARI表情變得明亮，濕潤的粉紅色眼睛閃耀光芒看著我。

身為男人的伸太郎（處男），就是這麼容易心臟「噗通！」狂跳。

可惡……真不甘心。

不過我的技能已經滿了。

雖然遺憾，不過已經沒有空格可以裝備「蘿莉控」技能。

別了，「蘿莉控」技能。

等到「處男」技能消失之後再來找我吧……！

——就是這樣，沒有半點邪念的我決定和ＭＡＲＩ去「冰之大迷宮」排隊。

看樣子似乎不是很受歡迎的遊樂設施，從排隊的人數來看，不用多久就能入場。

不過突然有些在意某件事。從我……嘔吐開始……女生組應該是團體行動吧。

該不會吵架……應該不會。如果真是那樣，照她的個性早就哭個不停。

「吶，其他人怎麼了？為什麼妳一個人在這裡？」

「咦？啊，這個嘛。之後我們又坐了雲霄飛車，可是只有我排錯隊，就分開了。」

ＭＡＲＩ一邊盯著在入口拿到的遊樂園簡介，沒有看著這裡便開口。

似乎正在用紅筆在想去的遊樂設施項目上面打○。

……沒、沒想到她還挺活潑的，居然想一個人玩遍全部……

擅自以為她是會說出「我不喜歡與大家分開」這種話的我，莫名感到有些哀傷。

「這、這樣啊。不過如果MOMO是和KIDO一起，也比較安心……話說回來，這種遊樂設施為什麼非得找我？」

聽到我的詢問，或許是因為精神都專注在簡介上，MARI沒有回答，只是默默伸手指向入口的招牌附近。

我用視線看過去，只看到上面貼著「限兩人一組」的紙條。

原來如此。還有這種限制的遊樂設施。

雖然猜到邀約的理由大概是因為這樣……還是再次有股淡淡的哀傷。

隊伍前進，下一組終於輪到我們，果然還是有些興奮。

這麼說起來，自己已經很久沒來遊樂園了。

……說得更清楚一起，這是第一次和女孩子兩個人一起玩遊樂設施。

我瞄了一眼MARI，只見MARI已經把簡介收起來，對即將到來的遊樂設施，露出興奮不已的表情。

「SHI、SHINTARO，這是大迷宮吧……為了小心起見，早點喝茶還是飲料比較好吧……？」

「啊？說得也是。為了小心起見，還是先喝比較好。」

聽到我的回應，ＭＡＲＩ從揹著的包包裡拿出水壺，說聲「好！」便喝了起來。

不管怎麼說，她基本上很純真……只不過……

可惡……！別過來，該死的「蘿莉控」技能！不是說過沒你的事嗎！

「好的，下一組遊客請進～」

如此說道的工作人員，打開遊樂設施的門。

比想像中還要冰冷的空氣，從門的另一邊流洩。

不知不覺間已經輪到我們。

驚覺這件事的我看了ＭＡＲＩ一眼，果然不出我所料，只看到她慌張過頭沒辦法好好蓋上水壺蓋，頓時手忙腳亂。

「喂、喂。ＭＡＲＩ，後面還有人，進去之後再把瓶蓋關上……」

「知、知道了……！」

ＭＡＲＩ一邊回應一邊快步走進門裡。

我也接著穿過門口，裡面是比想像中還要正式的冰之迷宮。

滿布各種大小直立冰柱的通道，表現出彷彿置身ＲＰＧ迷宮般的非現實世界。

比想像中更強勁的冷氣，讓原本發熱的身體溫度下降。

裡面的溫度恐怕將近零下二十度吧。

「哇啊啊，還挺涼快的。太好了，ＭＡＲＩ。看妳剛才好像很熱……」

話才說到一半，我不禁懷疑眼前的景象。

明明才進來不到幾秒鐘，就看到手上拿著水壺，一臉鐵青，身體不停發抖的ＭＡＲＩ站在眼前。

「好……好、好好……好冷……好冷喔……會……會冷死……！」

「……妳進來做什麼的？」

眼前的光景讓我不禁感到愕然。她……有這麼怕冷嗎？

既然這樣，為什麼要特地挑選這個遊樂設施？

「我沒……沒想到這裡會……這麼冷……」

「…………」

即使才剛進來迷宮，從另一個角度來說，ＭＡＲＩ已經到達終點了。

「不，也不會突然冷成這樣吧！話說那個水壺掉下去會很危險，先交給我。」

ＭＡＲＩ抖個不停，手上的水壺隨時滑落都不奇怪。

瓶蓋也沒蓋上，掉下去裡面的液體應該都會灑出來。

在這麼寒冷的環境若是有飲料打翻在地，馬上就會結冰，會造成其他客人的困擾。

「唔，嗯……謝謝……哈……哈啾！」

就在ＭＡＲＩ打個大噴嚏的瞬間。稍微蹲下想要接過水壺的我——茶就這麼淋在頭上。

「——呀啊啊啊啊啊啊！」

面對意想不到的事態，忍不住跳了起來。

在這種溫度被冰涼的茶淋到，周遭一口氣變成酷寒地獄。

「妳、妳妳妳在做什麼……啊、啊、啊啊啊！好、好好、好冷……」

體溫急速下降，身體抖個不停。

「咦、咦！對、對不起對不起！可、可以擦的東西……」

在ＭＡＲＩ彷彿哪裡的機器貓從包包裡拿出各種東西時，被茶水弄濕的運動外套開始逐漸結凍。

「嗚哇啊啊啊啊啊啊啊啊啊！我……我的運動外套啊啊啊啊啊！」

「噫咦咦咦咦！對不起對不起對不起對不起對不起……」

＊

搞得狼狽不堪。最後我和ＭＡＲＩ只能放棄，離開遊樂設施還來不及發飆，ＭＡＲＩ早已消失得不見人影。

「她果然和第一印象不太一樣……總覺得……很那個……」

ＭＡＲＩ大概已經在期待下一個遊樂設施吧。

因為這樣，再次變成一個人的我，為了弄乾衣服在園內散步。

不久前因為突發事件搞得很狼狽，這次絕對要享受不被打擾的終極私人時間——

「SHI、SHINTARO……來得正好……！過、過來一下……」

在我經過可麗餅攤位前面時，又被叫住了。頗具特色的沙啞聲，不需要轉頭也能夠確定對方是誰。

「怎麼了，KIDO……咦？MOMO呢？她不是和妳在一起嗎……？」

轉頭只看到滿身大汗不停喘氣的KIDO站在那裡。

大概是因為太熱，只見她脫掉連帽外衣的帽子，獲得解放的長髮隨風飄逸。

但是沒看到MOMO。她明明只要不在KIDO身邊，馬上就會因為自己的能力聚集起人潮……

「是啊……KISARAGI遇到一點麻煩……拜託了！我需要你的力量。總之先跟我過來……！」

ＭＯＭＯ遇到麻煩？不，其實我大概猜得到她會出什麼麻煩，但是我過去又能怎樣？

如果她在這個遊樂園的某處製造巨大人潮，就算我過去也幫不上忙……

然而ＫＩＤＯ露出不像是她本人，「我真的只能拜託你」有如懇求的脆弱表情。

……真是沒辦法。不管怎麼樣，先跟過去看看好了。

因為我對「需要你的力量」這種話沒有抵抗力。

＊

——被ＫＩＤＯ帶著在園內移動大約過了三分鐘。

我們站在遊樂設施之一的「怪奇・亡靈人形館」的入口前面。

在一看就知道是遊樂園常備設施的恐怖西式建築物周邊，擺放著墓碑與斧頭等很有氣氛的裝飾品。

館內不時傳來像是客人的尖叫聲，讓這個遊樂設施更蒙上恐怖的氛圍。

「……我說。」

我嘆了一口氣。

「什、什麼事，SHINTARO——我聽不太清楚，麻煩大聲一點！」

排隊排了十分鐘。

在剩下三組就輪到我們之時，KIDO慢慢戴上耳機。

之後開始自言自語，偶爾像是想起什麼一樣用力閉上眼睛，反覆這些舉動。

「……其實妳很膽小吧。」

為了讓她清楚聽到，我用稍微大聲的音量說出從現況判斷的感想，只見KIDO嚇得抖了一下肩膀。

「笨、笨蛋！才不是因為這樣！我只是覺得客人的尖叫聲很刺耳！誰、誰會被這種騙小孩的玩意兒嚇到……！」

KIDO完全不承認，但是由於是紅著臉訂正，一點說服力也沒有。

「唉……那麼稍微整理一下狀況，KIDO和MOMO原本兩個人進去鬼屋，KIDO『因為某件事』獨自出來，又『因為某件事』無法一個人進去。MOMO沒有KIDO的能力會引來人群，所以無法離開，直到現在還待在裡面，沒錯吧？」

「沒、沒錯！理解得真快……真不愧是SHINTARO。」

KIDO說完這些話，想要耍帥發出「呵。」的笑聲，老實說面對這種狀況，還想要追求形象的做法太過輕率。

「那麼關於『因為某件事』無法進入鬼屋，想來想去就只有因為害怕——」

「當然不是！不是這樣……內、內容不能告訴你！」

打從剛才開始，不管怎麼問，KIDO每次只是慌張開口，完全不打算回答。

因為這樣，工作人員每次為下一個客人帶路時，就「嚇！」抖動肩膀的團長，現在完全派不上用場。

也就是因為一個人害怕不敢進去，所以找可以陪她一起進去的人吧。

的確，即使想要隱藏，在鬼屋裡面一點意義也沒用。

要說能做的事，頂多只能讓對方認不出尖叫聲。

不過既然本人一直強調自己不是因為害怕，我再多說什麼也太可憐了，沒辦法只好先當成是這樣。

「接下來終於輪到我們了，準備好了嗎，團長？」

我詢問ＫＩＤＯ，不過她正在聽著聲音大到旁邊都聽得到的音樂，完全無法對話。

不過似乎從工作人員的動作，察覺到接下來輪到我們。

往入口處移動時，ＫＩＤＯ的氣息越來越紊亂。

在由工作人員開啟的大門深處，只看到詭異的西方人偶與血淋淋的骨董等道具四處散亂，外觀上更添「很像那個回事」的模樣。

在我看到那副景象的瞬間，隱藏在心底的恐懼感也慢慢膨脹。

我看向旁邊，ＫＩＤＯ已經眼眶含淚，但是不能因此瞧不起她。

因為我恐怕也是一樣熱淚盈眶。

恐怖的洋房吱吱作響關上入口，把走進內部的兩人迎接到黑暗之中。

關上門之後，外界的光線完全被阻隔，只有散布各處的燭光詭異地閃個不停。與之前的冰之迷宮類型完全不一樣，陰森的空氣從腳底讓身體發冷。

兩人都被這股異常的氣氛壓倒，無法邁出腳步。

「嘿、嘿，做得可真像……對吧，KIDO……」

好歹在女生面前要忍耐不能發抖，轉頭一看，只見KIDO因為恐懼閉上眼睛，沉浸在音樂的世界裡。我立刻拔掉KIDO的耳機，把放在口袋裡的隨身聽沒收。

「嗚哇啊啊！你在做什麼啊，SHINTARO！趕、趕、趕快還給我！」

「妳是白痴啊！連MOMO在哪裡都不知道，不能對話沒辦法找吧！」

「話是這樣說沒錯……可是……！」

被拿下耳機的KIDO抖個不停，彷彿剛出生的小羊。由於與平常果斷的舉動差距太大，除了不可靠之外更覺得不安。

不過站在原地也不是辦法。

為了盡早離開這裡，現在只能硬著頭皮前進。

我總算踏出腳步，ＫＩＤＯ落後一步緊跟在後。

在緩慢但確實前進的路上，因為鬼屋獨特的氣圍以及背景音樂，只是單純感到恐怖。布置在走廊上沒有人頭的肖像畫，以及懸掛在半空中的鐮刀等等，挑動「會不會現在就衝過來」的恐懼心理。

為了不要看得太清楚，我刻意瞇細眼睛，以半蹲的姿勢前進。

ＫＩＤＯ也採取與我類似的動作前進。或許有人會認為「都已經這麼大了，這兩個人在做什麼」但是我管不著。因為我可是很認真的。

「……話說妳進來過一次了吧？什麼東西會從哪裡出現……妳應該知道吧？」

我轉過頭看向ＫＩＤＯ，只看到ＫＩＤＯ緊閉雙眼一副不想聽我說話的樣子摀住耳朵。

「什、什麼啊，居然不理我……」

在我邊說邊想要把手伸向ＫＩＤＯ的瞬間，躺在通道上的人偶說話了。

「噫呀啊啊啊啊啊啊！這傢伙搞什麼啊！」

『這棟洋房的主人是個人偶收藏家，但是自從某天起有了變化，變成把找來的客人一一變成人偶的殺人魔。你們究竟能否活著出去呢……！嘻、嘻、嘻……！』

我受到心臟幾乎要跳出胸口的衝擊，嚇得往後跳，就這麼跌坐在路上。

別開玩笑了，什麼殺人魔！我可是在殺人魔之前，就會被你的出場嚇死那麼纖細。

ＫＩＤＯ站在一屁股坐在地上的我的旁邊，以安心的模樣拿開手，露出不好意思的表情往下看著我。

「妳……知道會有這個吧……所以才用手摀住耳朵吧……？」

「不、不是，抱歉。我原本想告訴你，但是要摀住耳朵就……不……這對你來說也算是個試煉。」

ＫＩＤＯ原本好像想說什麼，卻慌張地改變話題。

「說什麼試煉！我看妳是摀住耳朵發抖吧！」

「我、我才沒有發抖！那是剛好……！」

話說到一半的KIDO好像注意到什麼，快步往裡面前進。

突然從恐懼當中獲得解放了嗎？不，應該不是這樣。照這個感覺看來，KIDO是真的很膽小。

可是這麼一來……

想到這裡，突然有個不太好的預感。

慢慢轉頭看向我們之前走過的通道，只見應該是遭到館主殘殺的人們，穿著沾滿血污的衣服朝這裡走來。

「啊啊啊啊啊啊啊啊啊啊啊啊啊！對不起對不起！請饒了我！」

我以壓倒的速度下跪，隨後站了起來往與殭屍相反的方向奔去。這群傢伙是怎麼回事！不，應該是臨時演員吧。熱情演出過頭，認真向我索命。

雖然立刻追上先起步的KIDO，不過KIDO被從牆壁裡面伸出的無數隻手抓住，幾乎快要口吐白沫。

「嗚哇啊啊啊！放、放開我！不要！」

已經忘記這是遊樂設施的ＫＩＤＯ拚命掙扎。

此時牆壁另一邊的臨時演員突然把手伸回去。

工作辛苦了，請不要再出現第二次了。

「呼……呼……抱歉，ＳＨＩＮＴＡＲＯ。真是幫了大忙……」

「不，妳是丟下我自己逃走吧！妳很害怕吧！」

「咦？啊、啊啊，抱歉抱歉。因為突然想起有點急事……」

如此說道的ＫＩＤＯ再次尷尬地移開視線。

——這傢伙真是的，一點也派不上用場。

「……那麼妳和ＭＯＭＯ是在附近走散的吧。再前面一點嗎？」

「……在、在下一個轉角附近。應該……」

穿過會伸出手的區域，在KIDO說的轉角轉彎，就看到前方通道的兩旁堆著大量桶棺……記得館主不是把客人變成人偶了嗎？

那麼應該不需要桶棺吧？

真要說來，沾滿血跡的殭屍也令人一頭霧水，從牆壁伸出來的手更是令人不解。

仔細想想，可以吐槽的地方實在太多，被這種遊樂設施嚇得屁滾尿流的我們到底是怎麼回事……先不管那些繼續往前走，瞬間在右邊堆積如山的桶棺後方看到晃動的茶色頭髮。

「……有了。」

聽到我的話，KIDO立刻以驚人的氣勢往後退。

「是、是、是什麼東西？在、在哪裡？喂，SHINTARO！」

「不，不是幽靈啦！妳看，MOMO躲在那裡吧。」

我一邊開口一邊伸手指示，KIDO看到像是MOMO的頭髮，鬆了一口氣：

「什麼，原來是KISARAGI……不，幸好找到了。謝了，SHINTARO。」

KIDO把手插進連帽外衣的口袋，再次打算裝模做樣，不過這個舉動看在我眼裡只覺得是在搞笑。

「團、團長……」

桶棺裡傳來MOMO的聲音，沒有出來應該是在等待KIDO過去接她。

……不過現在這裡只有三個人，而且這個距離就算出來也沒關係吧。

「喔喔，KISARAGI！是我！抱歉丟下妳跑走，我們趕快離開這……！」

如此說道的KIDO靠近桶棺。

但是看到轉過頭來的MOMO，KIDO昏了過去。

遠遠看到的我也嚇了一跳，不過光是沒有發出慘叫這一點就值得嘉獎。

「咦、咦？團長？太、太嚇人了嗎……？」

走出桶棺的MOMO滿臉血跡，頭上插著一把斧頭。

因為是以這種打扮抱住KIDO，看起來只覺得是MOMO襲擊她。

「……妳在做什麼啊……」

大概是靠近之後才發現我，MOMO突然轉頭。

近距離看到感覺更恐怖。

「咦？哥哥怎麼會來鬼屋？明明超害怕的……」

MOMO滿臉血跡，露出打從心底感到驚訝的表情。

「這種程度我沒問題！然後呢？妳幹嘛打扮成這樣？」

「啊，這個？不，被團長丟下後本來躲在那裡，然後發現這個斧頭小道具。既然如此，想說在團長來接我時嚇她一跳，化好妝之後一直等她。沒想到效果這麼好……」

我妹妹居然讓上司昏倒，真是可怕的傢伙。

但是既然KIDO昏倒，到頭來還是沒辦法離開這裡。

「現在怎麼辦！出不去了！」

「嗚哇啊啊啊啊！對喔！怎、怎麼辦……對了，把團長叫醒就好……」

MOMO一邊開口一邊搖晃KIDO的身體。

……。
大江戸
鎖

「不，還是先處理一下那張臉！就算現在叫醒她，看到這張臉，這傢伙又要暈過去了！」

「是、是嗎！」

聽到這句話突然驚覺的MOMO，再次跑到桶棺後面。

把KIDO丟在這裡不管，下一組客人來的時候會引發大騷動吧。

沒辦法的我只好拖著KIDO往桶棺後方移動。

MOMO蹲著拿下頭上的斧頭，從包包裡拿出卸妝用的濕紙巾，拚命擦拭臉頰。

我也蹲在旁邊，嘆了一口氣。

現在回想起來，直到最後還是無法獨處，完全沒辦法享受私人時光。

「總感覺累壞了……」

「抱歉……因為我的關係，在各個方面都麻煩你了。」

把臉擦乾淨的MOMO不好意思地開口，同時拿出手機。

此時看到今天早上MOMO「為了慶祝手機復活」拍下我們所有人的合照之後設成待機畫面。但是因為要調整待機畫面的大小，發現我在畫面之外，這種感覺不是很好。

「時間過了很久嗎……應該還有一點時間可以玩吧？」

MOMO邊說邊闔上手機，搖晃躺在旁邊的KIDO。

「團長團長！請起來！遊樂園要關門了！」

「……唔，嗯……啊？我、我怎麼會躺在這裡？」

KIDO突然起身，環視一下周遭。看樣子似乎不記得被MOMO嚇到暈過去的事。

「啊……呃……不知為何突然就昏倒了。」

回答的MOMO把目光從KIDO臉上移開，輕輕對我使個眼神。

「是、是嗎……算了。反正也找到KISARAGI了，趕緊出去吧。」

說完這句話的KIDO，瞳孔從黑色變成紅色。

「那麼只讓別人看不到MOMO。我和SHINTARO就這樣離開這裡吧。」

這時我看了一眼MOMO原本蹲著的方向，已經不見蹤影。

不過仔細看還是有辦法辨識，再次感覺這是個方便的能力。

如果是像我這種人擁有……說不定會跑去澡堂。

先不管這些，站起來再次走在通往出口的通道。

想到接下來心臟暫時無法休息，心情非常沉重。

正準備踏出腳步時，突然感覺有些不協調。

試著回想打從遇到ＭＯＭＯ時感覺到的不協調，立刻明白那是什麼。

不，先等一下。「如果真是這樣」在這之前根本從頭到尾……

我瞬間感到寒氣，戰戰兢兢地決定詢問ＫＩＤＯ。

我停下腳步，ＫＩＤＯ也跟著一起止步。

「……咦？怎麼了，ＳＨＩＮＴＡＲＯ？好了，快點出去吧。」

不……我的猜想恐怕沒錯。

雖然說是無意識的狀態，不過剛才已經確認了。

「吶……ＫＩＤＯ。ＥＮＥ坐完雲霄飛車之後……怎麼了？」

聽到我的問題，ＫＩＤＯ露出茫然的表情。

「如果是ＥＮＥ，她在那之後馬上說要跟你走，然後就沒看到她囉……？」

——ＫＩＤＯ說完這些話，放在口袋裡的手機像是發笑一般為之震動。

＊

我再次一個人在長椅上坐下。

『嗚哇啊啊啊啊啊啊啊啊！我的運動外套啊啊啊啊！』

那間鬼屋雖然一開始很恐怖，不過最後的部分倒也還好。果然是遊樂園的遊樂設施。沒什麼大不了。

ＭＯＭＯ和ＫＩＤＯ在那之後丟下一句「我們先去與ＭＡＲＩ他們會合，之後再手機聯絡。」就去找團員了。

姑且不論兩個大男生，ＭＡＲＩ沒有帶手機，應該會是個相當辛苦的作業。

『啊啊啊啊啊啊啊啊啊啊啊啊啊！對不起對不起！請饒了我！』

搞了半天，夢想的私人時間似乎只是幻想。
妄想獲得自由的下場就是這樣嗎……我真是太悲哀了……

『嘔……不舒服……嘔……嘔噗……』
「──啊啊啊啊啊啊啊啊啊！別鬧了！不要放這段！」

終於對著手上的手機怒吼，只見畫面上的雙馬尾綠髮少女，兩腳亂踢笑倒在地。

『啊啊，肚子好痛……！不，對不起。誰叫主人提供這麼美味的素材噗！啊哈哈！』
「誰是素材啊！……啊啊……如果我知道妳在場，就會在嘴巴貼上膠帶……」
『噫呀啊啊啊啊啊啊啊啊啊啊！呀啊啊啊啊啊啊啊啊！嚇我一跳！搞什麼啊這傢伙！對不起對

不起！……不舒服。』

我已經被絕望擊垮，ＥＮＥ依然找出「慘叫音源」放聲爆笑。

搞了半天，這傢伙從我和ＫＡＮＯ還有ＳＥＴＯ對話開始，就一直待在手機裡。然後把我今天整天的蠢樣錄影錄音，現在還沉迷在新玩具中。

『開始覺得難受了……呼。那麼！主人！今天玩得開心嗎？』

從這傢伙把臉湊近占滿畫面，面帶笑容詢問的表情感覺不到善意。

「……啊啊……多虧了妳，今天是糟糕透頂的一天。多謝妳了。」

我果然也開始習慣這傢伙了，已經理解生氣也沒有用。

不過握著手機的手，力量大到幾乎會讓螢幕出現裂痕的程度。

『不不，不用謝了。因為……我都還沒有玩到！今天繼續到處玩吧？』

「啊啊？不，妳已經玩夠了吧？我要回去了……」

『不要！根本還沒玩夠！主人答應過我要「一起玩」。我沒有忘記。』

如此說道的ＥＮＥ，表情變成平常在威脅我時嘟起嘴巴的模樣。

這時隨便應付，之後會有吃不完的苦頭是永恆不變的模式。

之前有一次這傢伙也說過「一起玩遊戲吧」。

當時我下定決心徹底無視她，結果馬上就有大量病毒侵入電腦，最後甚至要以驅逐病毒作為交換開始花錢玩遊戲。

……思考之後可能面對的種種麻煩，一開始不要惹她不開心才是聰明的作法。

但是好麻煩……

『……如果不陪我玩，我就把主人密藏的資料夾傳給妹妹……』

「好！我開始想玩了！妳想從哪一個開始？盡量不要選太激烈的！」

自暴自棄。我從長椅上站起來與ＥＮＥ面對面。ＥＮＥ露出非常滿足，一副炫耀自己贏了的表情。

不過說來說去，我也還沒享受好久沒有體驗的出外遊玩。

和這傢伙一起雖然有點不甘心，不過難得來到遊樂園。

其實我也還想再玩一下。

『不愧是主人！那麼首先是……啊！那個好像不錯耶？坐在椅子上打異形那個！主人很擅長射擊遊戲吧？』

「啊？為什麼妳會知道？我們沒有一起玩過吧？」

『咦，是嗎？哎呀，有什麼關係，我對主人的事瞭若指掌！比起這個還是快走吧？』

ＥＮＥ一邊開口，一邊用力指示前進的方向。

「……知道了……沒辦法就陪妳玩吧。算我拜託妳，不要大聲吵鬧喔……？」

『了解！』

ＥＮＥ笑容燦爛地回答。

真的是個以自我為中心、

壞心眼、

讓人捉摸不定的傢伙。

不由得回想起以前的事，不過被我自己制止了。

比起這些，現在光是應付這傢伙的任性，就已經塞滿我的腦袋。

——在太陽下山之前，不知道可以玩多少呢？

我以拿指南針的動作拿著手機，依照ＥＮＥ的指示方向前進……

～後記「看不下去的內容」

我是じん。

《KAGEROU DAZE陽炎眩亂2-a headphone actor-》不知大家看得還開心嗎？

這次的小說與作品的世界觀一樣，是在連續幾天室外溫度超過三十度的酷暑中，把冷氣溫度設為二十三度，每天邊吃披薩邊創作。

我所寄生的事務所的各位，真是不好意思。

對了對了，在前作《KAGEROU DAZE陽炎眩亂-in a daze-》的後記中曾經提到「這次作品超出預期，接著就來寫些校園戀愛喜劇！」之類的話，值得慶幸的是，因為這樣獲得超乎預料的回響（笑）。

不過這次內容是校園戀愛喜劇，不是因為這個原因。

單純是因為我渴望愛情。還請大家放心！

這次的小說創作也是與樂曲製作與演唱會等同時進行，沒什麼，只是緊繃到快要發瘋的地步。

不不，一點也不辛苦。真的。

光是思考第三集，就差點把吃下肚的東西全部吐到馬桶，就是那麼期待未來的創作！

我慢慢減少的生命值計量表，最近從黃色變成紅色。

這個後記也是在完成第二集之後，意識逐漸模糊時寫的。抱著「要是什麼地方搞錯寫出低級笑話怎麼辦……」的不安，腦袋裡都是胸部乳暈。

不，相信小說送到大家手上時，編輯大人（美聲）一定會幫我把髒東西去除乾淨，所以沒問題。一定。（※編輯註：尊重作者的意思，依照原文刊載）

說到低級笑話，由於在上一集的後記一直在說關於「TCHIN TCHIN（玫瑰的名字）」的話題，現在每次接到鄉下老媽（52歲）打電話表示：『我到處跟別人說「我兒子在寫小說」幫你大力宣傳！要加油喔！』頭就好痛。

不過聽到妹妹（18歲）說「身邊的朋友都在看哥哥寫的小說喔！」時，反而感到莫名的興奮。

妹妹的朋友，你們正在看嗎？我是哥哥喲（微笑）。

說到妹妹，她說我和登場角色「ＳＨＩＮＴＡＲＯ」感覺很像。

我自己不覺得，而且老實說我覺得ＳＨＩＮＴＡＲＯ是個相當噁心的角色，所以聽到之後一點也不開心，不過反過來想。

「這是個好機會吧？」

在小說裡讓ＳＨＩＮＴＡＲＯ與女孩子好好相處，說不定現實世界的我也能和女生打情罵俏。不，絕對是這樣沒錯！

在第一集裡ＳＨＩＮＴＡＲＯ的電腦故障，最近我的電腦也因為神祕的錯誤故障。從這件事也可以說我們有很深的關聯性。

所以我想在這次的小說裡，讓ＳＨＩＮＴＡＲＯ有個美好的回憶。我也差不多該收到遊樂園的入場券了。興奮期待！

因為這樣，心想「差不多該有個從螢幕找我說話，絕對不會消失的可愛女孩出現了吧」每天脫下褲子準備……不知為何完全沒有出現的跡象。這到底是為什麼？

不過在之前，出現了刪除好多遍都刪不掉的成人網站廣告。雖然和想像中有點不一樣，不過最近藉由每天對廣告說話維持精神安定。感謝神。

啊，話說這次也差不多該向大家說再見了。這次也受到多方面的支持，非常感謝。然後接下來也務必繼續給予支持！在接下來的第三集，我們繼續在後記見面！再見！

じん（自然の敵P）

不好意思。

我是しづ，好久不見。
這次再次讓我負責插畫，
真是非常感謝。
如同上次所說本來想
畫出帥氣的SHINTARO，
沒想到花了比上次更多時間，
所以畫個帥氣芝麻，只有芝麻。
不好意思。謝謝大家。

2012.9.14
しづ

@わんにゃんぷー☆
祝賀留言
大家辛苦了ー！
恭喜發行第2集!!
本作果然也很有趣!!
無論是じん的世界觀
還是しづ的插畫，
果然都非常喜歡！這次
ENE與KONOHA很可愛!!
KIDO也是！KANO也是！
可是HIBIYA不足。
MARI與SETO也是，
因為這樣，
來，
請吧。

《KAGEROU DAZE陽炎眩亂》
第二集發售，恭喜恭喜！

這次的故事
主軸是「耳機ACTOR」，
是我最喜歡的樂曲，
不知道會是什麼樣的故事，
真是令人期待。
相信接下來也會很忙，
還請好好保重
別弄壞身體…!!

小說第二集!!
恭喜發行！
初次見面的人你好！
我是りゅうせー。
じん桑、しづ桑、
わんにゃん桑，
恭喜這次發行第二集！
哎呀，真是發生了很多事！
我也因為種種事情，
從推薦MOMO變成
推薦MARI。（參考第一集後記）
所以說，今後請
繼續往前衝！
我會為你們加油！
搞錯了的森林女孩ver MARI
りゅうせー
喵ー!!

能去多遠，
請一口氣衝過去吧！
我會從斜後方
守護你們的。
DOT
赤坂アカ
（IAの人）

KAGEROU DAZE
陽炎眩亂 2
-a headphone actor-
恭喜發行！
啊啊，KIDO果然很可愛。
啊，11月還會推出漫畫喔～
看完第1集非常期待續集……！感謝總是帶來滿滿的期待！今後也請繼續加油
佐藤まひろ

—設定資料—

SETO

ジャーン
……

MOMO KONOHA MARI

登場角色

ENE SHINTARO AYANO

KANO　AZAMI　楯山研次朗

登場角色

HIBIYA HIYORI KIDO

制服設定

貴音＋遙＋KONOHA 設定

國家圖書館出版品預行編目(CIP)資料

KAGEROU DAZE陽炎眩亂. 2, a headphone actor /
じん(自然の敵P)作；劉蕙瑜譯.
-- 初版. -- 臺北市：臺灣角川, 2014.04
面；　公分.

譯自：カゲロウデイズ. 2, a headphone actor
ISBN 978-986-325-896-4（平裝）

861.57　　103003487

Kadokawa
Fantastic
Novels

KAGEROU DAZE 陽炎眩亂 2

-a headphone actor-

（原著名：カゲロウデイズ Ⅱ -a headphone actor-）

2014年4月23日　初版第1刷發行

作　　者：じん（自然の敵P）
插　　畫：しづ
譯　　者：劉蕙瑜

發 行 人：塚本進
總　　監：施性吉
副總編輯：蔡佩芬
主　　編：吳欣怡
文字編輯：楊鎮遠
美術副總編：黃珮君
美術主編：許景舜
印　　務：李明修（主任）、張加恩、黎宇凡、張則蝶

發 行 所：台灣角川股份有限公司
地　　址：105台北市光復北路11巷44號5樓
電　　話：（02）2747-2433
傳　　真：（02）2747-2558
網　　址：http://www.kadokawa.com.tw
劃撥帳戶：台灣角川股份有限公司
劃撥帳號：19487412
法律顧問：寰瀛法律事務所
製　　版：尚騰印刷事業有限公司
ISBN：978-986-325-896-4

香港代理：香港角川有限公司
地　　址：香港新界葵涌興芳路223號
　　　　　新都會廣場第2座17樓 1701-02A室
電　　話：（852）3653-2804